中华先锋人物
故事汇

邓稼先

腾空而起的蘑菇云

DENG JIAXIAN
TENGKONG ER QI DE MOGUYUN

王丽丽 著

图书在版编目（CIP）数据

邓稼先：腾空而起的蘑菇云／王丽丽著．— 南宁：接力出版社；北京：党建读物出版社，2020.4（2024.11重印）
（中华人物故事汇．中华先锋人物故事汇）
ISBN 978-7-5448-6411-4

Ⅰ.①邓… Ⅱ.①王… Ⅲ.①传记小说－中国－当代 Ⅳ.①I247.5

中国版本图书馆CIP数据核字(2020)第008513号

邓稼先 —— 腾空而起的蘑菇云
王丽丽 著

责任编辑：	楚亚男　高　楠
责任校对：	阮　萍　刘会乔
装帧设计：	严　冬　许继云　　美术编辑：严　冬
出版发行：	党建读物出版社　接力出版社
地　　址：	北京市西城区西长安街80号东楼（邮编：100815） 广西南宁市园湖南路9号（邮编：530022）
网　　址：	http://www.djcb71.com　　http://www.jielibj.com
电　　话：	010-65547970/7621
经　　销：	新华书店
印　　刷：	河北鹏润印刷有限公司

2020年4月第1版　2024年11月第13次印刷
787毫米×1092毫米　32开本　4.5印张　65千字
印数：153 279—161 278册　　定价：20.00元

版权所有　侵权必究

质量服务承诺：如发现缺页、错页、倒装等印装质量问题，可直接联系本社调换。
服务电话：010-65545440

目录

写给小读者的话 · · · · · · · · · · · 1

胡同里的淘气娃 · · · · · · · · · · · 1
面壁到天黑 · · · · · · · · · · · · · 7
撕碎日军纸旗 · · · · · · · · · · · · 11
到大后方去 · · · · · · · · · · · · · 17
同学的救命之恩 · · · · · · · · · · · 23
回到北平 · · · · · · · · · · · · · · 29
"我学成一定回来" · · · · · · · · · · 35
骑车故地重游 · · · · · · · · · · · · 41
命运大转折 · · · · · · · · · · · · · 45
"这也不能说" · · · · · · · · · · · · 51

养花和物理有什么关系 ……… 55

神奇补课法 ……………… 63

草稿纸从地板堆到天花板 …… 69

数值不一样？ …………… 73

加工第一颗原子弹的材料 …… 77

试验前的最后阶段 ………… 85

罗布泊升起蘑菇云 ………… 89

谁的工资高谁请客 ………… 95

寻找核弹的下落 …………… 99

三进弹坑区 ……………… 103

焦急地等待着 …………… 107

永别了，罗布泊 …………… 113

"比你的生命还重要" ……… 117

"您有富余票吗？" ………… 125

"你的血流尽了！" ………… 131

写给小读者的话

亲爱的小读者,一九六四年十月十六日下午,发生了一件大事。在新疆罗布泊,一座铁塔静静矗立着。"九、八、七、六、五、四、三、二、一,起爆!"中国第一颗原子弹爆炸成功,发出巨大的轰鸣声,蘑菇状烟云升起。看到了蘑菇云,就证明中国的核试验成功了!

在场的人们兴奋不已,几千里之外的周恩来总理也一直手举电话,等待着这个时刻。他兴奋地说:"我代表毛主席、党中央向你们表示祝贺!"

这里的"你们",是背靠祖国的一支科学家团队,领队人之一就是本书主人公邓稼先。

邓稼先读中学时就能阅读英文原著，后来在美国普渡大学取得物理学博士学位。回国后接到核试验任务的他，坚定地说："做好了这件事，就是为它死了也值得。"他还是"十分好爸爸"，喜欢吃糖的小馋猫……他是一个有趣的人。小读者们，快翻开这本书看看吧！

胡同里的淘气娃

北平,美在雪季,也美在早春四月。

四月的北平,空气温润,春风拂面,紫丁香浓郁的香气在城中心丰盛胡同的上空弥漫着。

隔着质朴的灰色栅栏院墙,望见这一座四合院的庭院里,满树的紫丁香正开得热烈。它们一簇簇相互依偎,灿若紫霞,芳香四溢。

从这宁静又芬芳的庭院里,传来了孩童的琅琅读书声。"子曰:'学而时习之,不亦说乎?有朋自远方来,不亦乐乎?人不知而不愠,不亦君子乎?'"稚嫩的嗓音、抑扬顿挫的节奏,让人感觉到,生活在院墙里面的这一家人,一定过着十分温馨幸福的日子。

祖籍安徽的邓稼先,孩童时代几乎全是在这座四合院里度过的。

邓稼先出生在安徽怀宁县铁砚山房,八个月大时,他被父母抱到了这里。父亲邓以蛰是清华大学、北京大学教授,被誉为中国现代美学的奠基人,与著名美学家宗白华一起被称为"南宗北邓"。邓以蛰为儿子取名"稼先",意味深长。《说文解字》中说:"稼,禾之秀实为稼,茎节为禾。""稼先"一名,寄托着父亲对儿子早早地秀实和成熟,成为造福民众之沧海一粟的期待。

邓稼先五岁时,父亲把他送到武定侯小学读一年级,这所小学离家很近。每到春夏,邓稼先放了学,总喜欢坐到院子里的躺椅上,享受龙爪槐的阴凉和丁香花的芬芳。

"草长莺飞二月天,拂堤杨柳醉春烟。儿童散学归来早,忙趁东风放纸鸢。"邓稼先在躺椅上眯起了眼睛,这一首诗飞入他的脑海。他一边吟诵,一边享受着放学归来的放松,直到父亲喊他:"稼儿,去陆老先生家读书了!"这个小小的孩子才从躺椅上起身,跑向陆老先生府上。

学习效果怎么样？父亲常常叫邓稼先过来考试。一天，邓稼先穿着齐地长袍正在父亲的书房里面背诵《论语》，父亲的好友张奚若教授登门了。这位政治学教授紧跟二十世纪三十年代初期的社会潮流，对孩子背诵古书不以为然，顺口说道："现在什么时候了，你还让孩子背这些东西？"而父亲回答说："我不过是让小孩子知道一下我们中国的文化里都有什么东西，这有好处！"父亲是要让自己的孩子从小在心里印上两个字——中国。

父亲邓以蛰曾就读于日本早稻田大学和美国哥伦比亚大学研究院，是位国学深厚、学贯中西的学者，他的教育理念自然也是兼收并蓄的。他安排小小的邓稼先既学四书五经，又读外国文学名著，还亲自教他英文。

邓稼先是胡同里学习任务最重的孩子，父亲对他的学业抓得很紧，但他不是书呆子。他和那些普通人家的小伙伴玩得昏天黑地，不亦乐乎，那个年代男孩子们沉迷的游戏，他样样精通。

男孩子们趴在地上，围在一起，只听"围城"里面不断传来简短而急促的指挥声："没对准。""没对准。""好了好了，就这个角度。"……这个游戏叫作"弹玻璃球"（简称弹球），在北平十分流行，甚至一些二三十岁的青年人也会凑过来一比高下。而怎样算赢了呢？几个小伙伴先在地上挖一个小坑，然后轮流弹玻璃球，谁的玻璃球最先进坑，就算谁赢。邓稼先的球技很不错，是常胜将军。

邓稼先不只是在弹球方面是常胜将军，放风筝、抖空竹，也都比伙伴们技高一筹。

"一声低来一声高，嘹亮声音透碧霄。空有许多雄气力，无人提挈漫徒劳。"邓稼先一边动作潇洒地抖着空竹，一边吟诵这首七言诗，十分享受。

邓稼先和小伙伴们玩得不亦乐乎，经常忘记了时间，等天完全黑了才想到该回家了。

表面上的脏还好说，手指缝里怎么也刷不干净。"你这双小手明早可怎么吃饭啊？"在灯下，妈妈一边用小毛刷帮邓稼先清洗黑乎乎的脏手，一边教训儿子，"以后再不能弄这么脏了！"

邓稼先把头埋进妈妈的怀里，向妈妈撒娇，还向妈妈介绍他今天发现的新玩法。妈妈也就不再责

怪他了，只是很心疼他的手，拿来了蛤蜊油，为他涂上厚厚一层。

父亲虽然在学业上对邓稼先严格要求，但他秉持开明教育的理念，不守旧，也从不用死规矩束缚孩子们的天性。他去国外访学时，有一段时间无法亲自教养几个子女，就给妻子写信，信中详述了自己的教育理念："我们是小孩子的亲爱的父母，并不是他们的阎王。"

在这样的家庭里，邓稼先的天性得到了最大程度的释放，他的童年快乐而自由。

面壁到天黑

一场秋雨洗刷后的北平,空气清新冰凉。在院子里忙家务的妈妈感受到这一场凉意来得迅疾而强烈,便惦记起儿子邓稼先来。邓稼先早上出门时穿得太单薄了。妈妈马上从衣柜里拿出一件外套,出门向武定侯小学走去。

选个离家近的学校,就是为了方便照顾孩子。邓稼先的妈妈一边走,一边暗暗赞叹自己当初的这个英明决策。

"快躲开,快躲开!有情况!"邓稼先的妈妈走进武定侯小学的校园,看到一个小男孩扫了自己一眼,就轻声对其他同学打暗号,心里觉得怪怪的。

傍晚时分，全家吃过晚饭，邓稼先照例和妈妈一起，边收拾餐具边聊天。妈妈随口一问："我给你送衣服，有几个小男孩一看到我就打暗号，说'有情况'，什么情况啊？"

邓稼先顿时笑得前仰后合。"姆妈，您好几次来学校给我送衣服，同学们都知道您是我姆妈了。他们在您来之前刚刚取笑过我，说我笨。没想到，您来了。所以他们开玩笑假装躲避，意思是邓稼先的姆妈来找他们算账啦！"

正在一旁洗碗的大姐邓仲先听到了"笨"字，停下了手里的活儿，问道："你哪里笨了？他们为什么取笑你啊？"

"那次老师罚站，他们都跑了，就剩下我一个人面壁到天黑。从那之后，他们就说我笨了。"邓稼先轻描淡写地说。在他看来，这不过是淘气包之间善意的玩笑，一点儿不用生气。

"哦，我想起来了，那天你被罚面壁，还是我去接你，赔了窗户玻璃的钱呢。"大姐转身对妈妈说道，"我那天到了教室，看到所有人都走光了，就剩稼先一个人规规矩矩面对砖墙站着，还不就是笨得实在嘛！"

"虽然你闯祸在先，但姆妈那天没有批评你，还说你很诚实。诚实是最宝贵的。"大姐对邓稼先说。

说来这算是邓稼先在学校里闯下的一个大祸了。那天，他和小伙伴们疯玩，把教室的窗户玻璃打碎了。老师一怒之下，罚他们面壁思过。那些机灵的小孩子看到大家都放学了，老师也回办公室了，就纷纷跑了。最后天都黑了，邓稼先还留在原地。母亲等邓稼先回家，可左等不来，右等不来，心里越发着急，才让大姐邓仲先去学校找弟弟。

大姐风风火火跑到学校，一见到规规矩矩面壁的小弟，便急切地询问了事情的原委。

"就罚你一个人？"大姐问。

"不是。"邓稼先说。

"他们都走了？你为什么不走？"大姐问。

"等你来赔玻璃钱。"邓稼先说。

大姐把前因后果和弟弟的想法了解得清清楚楚后，疑惑解开，怒气消散，心里反而还挺高兴。她心想，"三岁看大，七岁看老"，弟弟虽小但品质好，憨厚、诚实、守规矩，长大后能成大器。于是，大姐并没有多责怪他，赔了玻璃钱，就领着邓稼先回家了。

撕碎日军纸旗

小学的最后一个暑假结束了,邓稼先进入志成中学读书,初二时转入坐落在西单绒线胡同的崇德中学。

这时的邓稼先已从顽童长成了翩翩少年。一天,邓稼先放学后,听到校园里一个角落人声鼎沸,就知道同学们在大战玻璃球。走近一瞧,观战的同学里三层外三层的,看这架势,里面一定有高手,才会吸引了这么多同学。邓稼先也凑了过去。

靠里层有个同学看到邓稼先来了,招呼道:"稼先,我们遇到高年级的对手了,就靠你了!快来!"

听罢，邓稼先挤了进去。

待他们酣畅淋漓地大战一场后，天已经快黑了。邓稼先直起身子，抬起头，准备回家，看到了正好路过的师兄杨振宁。

杨振宁的父亲杨武之是清华大学教授，邓稼先的父亲邓以蛰也是清华大学教授，这两个孩子因为父亲的关系早就认识了。杨振宁比邓稼先大两岁，在学校里高他两级。他们在回家的路上边走边聊。

"你喜欢弹球啊？"杨振宁问邓稼先。

"嗯。"邓稼先问，"你有什么好玩儿的？"

"壁球啊！"杨振宁停下脚步，面对着路边的院墙滔滔不绝地介绍他的经验，"就这样，在墙边以手代拍，就能模仿壁球游戏。"

看到杨振宁夸张的动作，邓稼先笑得前仰后合。杨振宁问道："你有什么好玩儿的？"

邓稼先想了想说："我能爬树啊。你行吗？"

"好主意！比一比！"两个人一拍即合，当即比赛起来。他们几乎同时爬到了两棵树的中间位置，坐在树杈上的他们哈哈大笑："原来你也会爬树啊!"

这时的杨振宁在数学和物理方面已十分突出,他也喜欢和邓稼先聊这些话题。

"姆妈,杨振宁对数学总是有奇思妙想,他和我一说,我也有了些感觉。"邓稼先的妈妈发现,儿子对数学着了迷,每天晚上做题到深夜。她总是默默地端来一碗粥、一碗汤或者一个馒头,给儿子补充营养。

安逸的时光,被动荡的时局打乱。妈妈发现,无忧无虑的稼儿有了心事。

那天是个周末,妈妈在厨房里准备午饭,听到邓稼先背诵英文的声音和往常很不一样。往常的稼儿是温和而平静的,而今日的稼儿语调激昂,如同即将暴发的洪水一般。

"不要做言语的巨人,行动的矮子。"透过窗户,妈妈看到邓稼先一边背诵屠格涅夫的《罗亭》原文,一边挥舞着拳头。邓稼先对弟弟邓槜先说:"说到我心里去了!"

此时的北平,国难当头。一九三七年七月七日卢沟桥事变后,日本军部放出话来,中国老百姓从日本哨兵面前走过，都要向其鞠躬行礼。邓稼先对弟弟邓槜先说："不走那些日本人的岗哨，咱们愿意绕路，他们管不着！"

不久，日军又攻占了我国的一座城市，又在开庆功会了。日本人拿着一袋袋的纸旗，逼学校发给学生，让学生游行庆祝他们的胜利。

没人愿意。但在日本兵的刀枪之下，学生们也只好耷拉着脑袋，拿起了纸旗，按照日本兵的要求，举了起来。

我们的城市沦陷了，还要我们去庆祝，这和我们挨打了，还要和施暴者说一声"你真英明"有什么区别?!

邓稼先难以抑制内心的仇恨，三把两把就把手里的纸旗撕碎，摔在地上，狠狠地踩了几脚。他身边的同学看到有人带头，纷纷响应，把手里的纸旗撕碎，狠狠地摔在地上。

大家都感到很解气，趁着乱，一哄而散。

汉奸没抓到人，就把这事报告了日本军部。

很快，就有人来到了邓稼先所在学校的校长办公室，逼校长严办反抗者。校长试图以一己之力把事情搪塞过去，但他看着对方半信半疑的眼神，心知他的搪塞也许只能拖延些时间而已，事情迟早会暴露的。

他于是心生一计。

到大后方去

当晚,趁着天黑,校长悄悄来到邓家。他躲在门口的大树背后,反复确认没有人跟踪他,这才敲开了邓家的大门。原来,校长与邓稼先的父亲早有交情。校长望着邓稼先已熄灯的房间,问邓稼先的父亲:"北大南迁了,您有什么打算?"

"我有肺病,无法承受旅途颠簸,只好留在北平。"邓以蛰教授叹了口气,指了指黑暗中的院子,"我不愿为日伪政权做事,如今没了薪金,就在院子里种些菜接济生活。"

校长的心情越发低落。"这样的时局,谁也没办法。稼先也是爱国心切,血气方刚。我知道那件事与稼先有关,我怕早晚被人告发。如果那样就太危险了，还是想法子让他走吧！"校长长话短说，他要尽快离开邓家，免得被人盯上。

当夜，邓稼先的父亲就与妻子和大女儿邓仲先一起商量对策。次日清晨，父亲等在邓稼先房门口，待他醒来，便对他宣布了家里的决定："没有别的办法了，只好让仲先带着你到四川江津，你四叔那里管得严，你到那儿去。明天一早就出发。"

傍晚时分，全家人围坐在一起享用分别前的最后一顿晚餐。

妈妈含着泪水张罗了一桌好菜，全是大姐邓仲先和邓稼先爱吃的。但家里的气氛却不比往常，就连平日里无忧无虑的小弟也没吃几口。

父亲连筷子都没有动一下。他坐在老式藤椅上凝望着儿子。儿子就要远行，父亲的目光里满含期望和嘱托。他尽量压抑着情绪，用平和的语调对儿子说："稼儿，以后你一定要学科学，不要像我这样，不要学文。学科学对国家有用。"

邓稼先郑重地点点头。

他刚站到院子里，远处又传来了枪声。

未来这一路上兵荒马乱、战火硝烟，两个孩子前途未卜，这让母亲的心仿佛纠成了一团。听到这一声枪响，母亲和两个姐姐的哭声变得更急更紧。

听到哭声，邓槜先也抽泣起来，小小的他不舍得哥哥走。哥哥陪伴他长大，带着他游北海、逛景山，教会他抖空竹、抽陀螺，是他最好的朋友。他急切地问道："哥哥什么时候回来啊？"

听到这一句，父亲闭起的眼睛里滑落出一滴眼泪，而母亲与姐姐们的抽泣声更加令人心碎。邓稼先何时才能回来？国难何时才能过去？没有谁能说出小弟希望的答案。小弟哭得更厉害了。

邓稼先没有哭。

邓稼先与大姐离家时，是一九四〇年春末。他们穿过层层封锁线，经香港转越南才到达昆明。在昆明稍做停留，即乘船前往四川江津。到达后，邓稼先进入国立第九中学读高三年级。安顿好他后，大姐返回昆明。

一年后，高中毕业的邓稼先，在江津拍了一张黑白证件照，带上照片和行李，辗转来到重庆市区考大学。

一路上，危险不断。邓稼先走在临江的山路

上，正遇上日军飞机轰炸。只见一颗炸弹落到对岸的村落。顷刻间房屋倒塌，大火升腾，浓烟滚滚。"不知那房间里有多少无辜的人深陷危险，甚至已经遇难了。"邓稼先难过地落泪了。

还没来得及找到安全的地方藏身，敌机就又从邓稼先的头顶呼啸而过，近乎疯狂地在空中吼叫。邓稼先只得将自己的身体紧紧地贴着山石，等待着这场惨祸的结束。

邓稼先在信中告诉大姐："一颗炸弹在距离我们很近的江面上炸开。如果再偏过来一点儿，我们就完了。我们所在的大后方是如此不安全。一个弱国，备受欺凌，他的国民是没有平安可言的。"

到大后方去

同学的救命之恩

"千秋耻,终当雪;中兴业,须人杰。"一九四一年秋,邓稼先来到位于云南昆明的国立西南联合大学物理系报到,学校就组织新生们学唱这首饱含救国之志的校歌。

邓稼先和同学们站在西南联大的操场上,面容肃穆,静静聆听着学校的历史。老师讲道,这所在战火硝烟中依旧坚守办学初心的学校,就是要"内树学术自由之规模,外来民主堡垒之称号",保存和发展抗战时期的重要科研力量。老师鼓励学生们在条件异常艰苦的现在,更要为国读书,学成报国。

开学仪式在蒙蒙小雨中完成了。眼见风紧雨

密,老师就带着新生们从操场向教室方向走去。远远地,邓稼先就发现,教室的房顶竟然是铁板做的。

学生们走进教室时,讲台上已站着一位教员。学生们见状立刻停止交流,教室里瞬间静了下来。

"咱们西南联大不仅名师荟萃,而且对学生要求极为严格,现在我就说说阿拉伯数字的书写规范,以后你们写的每一个数字都必须按照这样的规矩写……"这位教员的话,伴着雨敲铁板有节奏的声音,传入了学生们的耳中。每个学生都虔诚地拿出笔,在本子第一页记录下了老师的要求。科学是严谨的职业,从大学第一课起就践行最严谨的学风与作风,会让他们受益一生。

这位教员的物理课旁征博引,妙趣横生,屋顶铁板缝隙间流下的雨水早已打湿学生们的外套,他们却都浑然不觉。咚咚咚咚……仿佛战鼓一般的巨响袭来,听得出神的学生们猛然惊醒。

"这是什么声音?"邓稼先吓了一跳。

只见教员不紧不慢地指了指屋顶。学生们一下明白了,紧锁的眉头舒展开,惊恐的神情变作会心一笑。原来是雨突然变大,敲打铁板屋顶的声音也随之升级成了巨响。

当人的内心踌躇满志,好像就会自然过滤掉干扰奋斗的杂音。只要讲课的声音还能超过雨声,教员就讲,学生们就听。直到雨声大到完全掩盖了老师讲课的声音,老师才停止讲课,安排学生们自习。

虽然噪声很大,但只要教室不关门,学生们都不愿意离开,因为只有教室和图书馆才有电灯。

宿舍的条件比教室还要艰苦,房顶连铁板都不是,就是个茅草顶。地是泥土地,还长着小草。墙是土坯制的,时不时地掉渣。每一间这样的房子里,都放着二十张双层木板床,可以住四十个学生。冬天,学生们用被子裹着腿在床上读书,夏天则在地上放盆水,把脚放进水里,能稍感凉快些。

邓稼先比高中时更成熟,也更用功了。他从图书馆借到一本难得的书,为了不耽误其他同学阅读,就将全书重要的内容一字不漏地誊抄下来。为了把英文学深悟透,他和同学们一起背牛津英语词典,下的都是硬功夫,都是苦功夫。说到读古诗,他的最佳拍档还是师兄杨振宁。这两个小时候的玩伴，又在西南联大聚在一起了。

> 空山新雨后，天气晚来秋。
> 明月松间照，清泉石上流。
> 竹喧归浣女，莲动下渔舟。
> 随意春芳歇，王孙自可留。

倚靠着西南联大的土墙，杨振宁与邓稼先一个人背，一个人拿着书对照看，双双进入了诗词美的境界，全然忘记了周遭的危险。

突然间，警报拉响。同学们赶紧跑向防空洞，杨振宁也跑了进去。"稼先哪儿去了？"一位同学赶忙出来找邓稼先，强行将沉浸在诗词世界的他拽进了防空洞。

震天响的警报声，邓稼先难道听不到吗？原来，校区这里常遭日本轰炸机空袭，防空警报更是时常拉响，因警报不准而让学生们白跑一趟的情况也时有发生，一些学生的防范意识就有些松懈了。看书、背诗常常入迷的邓稼先，就是其中之一。

可恰好这次,警报十分准确。多亏了同学强行将他拽到了防空洞,仅仅过了半个小时,邓稼先刚刚看书时所在的地方,就被敌机的炸弹炸得尘土横飞。

警报一解除,邓稼先幽默地和同学们开玩笑说:"常言道,救人一命,胜造七级浮屠。几位同学堪称在我身边建造'浮屠'的专家了!"

不料,这件事被邓稼先的大姐知道了。

"险些没命了,你知道吗?警报响了,你却不躲,姆妈要是知道了,她会多么伤心!你是她含辛茹苦养大的儿子啊,而你却不珍惜自己的生命。"大姐教训道。

"大姐,我知错了。"邓稼先看到大姐眼中的泪水,心知长姐如母,他让大姐担心了。

"好了,吃饭吧!"大姐夫郑华炽从厨房端出了一盘青菜和一盘肉菜,打着圆场,"稼先也是读书入迷,给稼先改善改善伙食吧,他们在学校天天吃食堂里的饭,实在是受苦了。"

邓稼先的大姐夫郑华炽当时就在物理系任教,并于一九四四年初接任物理系主任,他曾与吴大猷教授合作测试拉曼效应，受到了哥本哈根学派创始人玻尔教授的赞赏。

困苦贫穷的生活、警报频响的环境，丝毫不影响教授们教书育人的心气。当时的西南联大卧虎藏龙，教授中有许多知名学者，包括参加测试普朗克常数的叶企孙，为证实康普顿效应做出贡献的吴有训，证实正电子存在的赵忠尧，涡旋力学的权威周培源。有空袭时，他们躲进防空洞；短暂平静时，他们立即沉浸在科学世界中，物我两忘。

正是这样的科学精神，深深地影响和教育着青年学生邓稼先。

回到北平

西南联大的食堂,一到大风天,就能让学生们吃上"八宝饭"。

不过,那里的"八宝饭"可不是细软甜糯的,它又硌牙又不卫生。

战时物价飞涨,食堂能买得起的只有平价米了。在这些平价米里面,掺杂着很多沙子。再加上食堂的屋顶常年漏风漏雨,一扇窗户也没有,一到刮风天,这些沙子饭上又浇上一层土面儿。同学们于是就将沙子戏称为杂粮,将土面儿当作胡椒粉,苦中作乐地一边称赞这是西南联大牌"八宝饭",一边将大个儿的沙子挑出来,玩起了投掷游戏。

"这饭里沙子忒多,吃着硌得慌。"在食堂嘈杂的环境里,邓稼先一下听出了这人说的可是正宗北平话。身在异乡听到熟悉的乡音,邓稼先十分激动,赶忙放下碗筷朝着声音的方向找去,找到了这位北平小老乡吴鸣锵。

"我的父亲、母亲、姐姐与小弟还在北平生活,北平现在怎么样了?"邓稼先顾不上吃饭,拉着小老乡问个没完。小老乡吴鸣锵理解他的心情,耐心地一一回答。

"物价飞涨,白糖比肉还贵,连大米都没有地方买,每一家的日子都过不下去。"吴鸣锵告诉他,北平的生活比想象中还要艰难,这让邓稼先陷入了沉默。

从日军进城的那一天起,居住在北平的人们,都被强加了一个名字——亡国奴。往日安静祥和的生活,被横冲直撞的日伪轿车搞得一团糟。国难之下,没有乐土,亦无一人能独善其身。邓稼先的亲人们都在这水深火热之中受着煎熬。

邓稼先一面埋头苦读,一面关注时局,时常和同学结伴到学校报栏前面细细阅读《新华日报》。

他们越看越气。国难当头,民不聊生,可那些国民党政府官员还在贪污腐败,还在发国难财。而在通货膨胀之下,普通老百姓连粮食都买不起,快要活不下去了。一起读报的学生们对国民党贪官恨之入骨。在抗日战争的最后阶段,西南联大的许多学生和邓稼先一样,从书本中抬起头来,关心起政治来了。

邓稼先身边出现了越来越多的志同道合者,救国之法成了他们共同的话题。"民主在昂扬,历史在前进,祖国在危难中,同胞在水火里。救国的关键在哪里?"这些二十岁左右的青年人,每个人都在思考。同样二十岁的邓稼先对同学们说:"我的观点是,救国关键是政治。"

中国人民浴血抵抗,终于赶走了那些无耻强盗。一九四五年八月,日本政府宣布投降,中国人民的十四年抗战胜利了!

这时,邓稼先刚好大学毕业。当时身在大后方的人,都想立即回到故土,和亲人团聚,但也只能分批陆续返回。

一九四六年夏,北京大学向邓稼先伸出橄榄枝,聘请其担任物理系助教。邓稼先得以同大姐一家一道回到已阔别六年的北平。

他给父亲带来了好酒和好烟,还紧紧地拥抱着母亲,叫着"姆妈、姆妈"。

六年前离家时,他在院子里大喊:"现在的我只有仇恨,没有眼泪。"今日归来,他痛哭不止。那泪水并不是对自己在外受苦的倾诉,而只是一个儿子对母亲的牵挂,对母亲所受一切苦难的心痛。

虽然重逢时再次以泪洗面,但与告别北平那天吃饭的气氛完全不同。这一次庆贺久别重逢的家宴,每个人都是边吃边笑的。邓稼先向父亲汇报:"您要我学科学,我做到了。我在西南联大苦读物理,读书比在北平用功得多。"父亲欣慰地点点头。

邓稼先说罢,打开了一坛酒,给父亲斟满,自己也一饮而尽。

邓稼先并没有告诉父亲,国民党统治区的经济、政治、教育危机雪上加霜,许多学生因为没钱缴纳学费,面临失学的风险。自己在暗地里募集了一些钱款、物资支援贫困学生,同时加入了中国共产党领导的进步青年组织——中国民主青年同盟。

邓稼先在北大物理系当助教的日子，简单平静。他每天备课、讲课、指导论文写作，过得十分充实。下班后还能回到父母身边，吃着母亲做的饭菜，这让他重温着儿时的幸福。

"新一轮的留学信息发布了！"邓稼先在赶往教室上课的路上，听到了这样的消息，他停在发布信息的橱窗前看了看。因为赶时间去上课，他当时没多加考虑。

晚上，邓稼先备完课准备睡觉，想起白天看到的留学通知，他顿时来了精神。

师兄杨振宁已在一九四四年通过留学生考试后赴美留学，美国的物理学发展很快，自己要不要也考一考试试看呢？邓稼先坐到书桌前面，制订了一份复习计划。清凉的月光穿过窗帘的缝隙滑落在邓稼先的脸上，这张脸上写满了对知识的渴望。

"爸爸，我已有比较厚实的物理学基础，想去美国留学，去量子力学发展最前沿的国家学本领。您能支持我吗？"考试报名前夕，邓稼先感觉自己思考得成熟了，复习得也还不错，郑重地向父亲提出了他的请求。

"好好准备考试吧！"知子莫若父。父亲好像早有准备，他点了点头，轻轻拍了拍儿子的肩膀，眼中饱含着鼓励和期望。

"我学成一定回来"

也许是启程首日心潮澎湃，充满未知的未来让这份激动中夹杂着忐忑与忧思，也许是浪花昼夜不停拍打船身的声音，越是夜深越是猛烈，邓稼先在轮船上的一整夜都无法入眠。那是一九四八年秋天，邓稼先从上海出发前往美国，在"哥顿将军号"轮船上度过的第一夜。船舱外海天一色，漆黑一团，失眠的他整夜听着涛声，满腹心事随着波涛一起翻滚。

临行前，他的朋友袁永厚对他说："新中国的诞生不会是很遥远的事。天快要亮了。"袁永厚建议邓稼先就留在北平迎接解放。邓稼先对袁永厚说道："将来祖国建设需要人才，我学成一定回来。"

此时，海上的天也快要亮了，天空已泛起鱼肚白。邓稼先站在甲板上，仿佛是在送走这最后的黑暗，亲自迎来光明。

普渡大学在芝加哥城以南一百六十公里的地方。邓稼先十月入校时，还能见到少量的植被。等入了冬，天地一片雪白，这座校园单调而宁静的气氛就更加浓郁了。

邓稼先初入普渡大学时，是自费生的身份，没有奖学金，有计划地吃饭和有计划地挨饿，就是他不得不选择的一种生活方式。

上一顿只吃了几片面包，这一顿还得饿肚子，邓稼先想到用"画饼充饥"的方法安慰自己的胃。他让小时候妈妈包饺子的影像像电影一样在眼前回放，看上一会儿，品味一会儿，还真就觉得不那么饿了，肚子也不叫了。在妈妈身边时，邓稼先一顿能吃几十个饺子；可如今在普渡大学，他手上的钱可支撑不了这么大的胃。

饥饿只是些皮肉之苦，算不了什么，真正刺伤邓稼先的心的，是到普渡大学后，亲眼所见美国的科技水平与中国之间天上地下的差距。他的民族自尊心被伤到了，他的内心只有一个声音："奋起直追吧，青年人！"

邓稼先期待能跟随一位前沿领域的顶尖科学家搞研究。很幸运，他被分到荷兰人德尔哈尔手下。这位荷兰籍导师本身是搞核物理研究的，所以邓稼先也就顺理成章地接触到了核物理这一物理学的最前沿领域。

普渡大学开设的课程中，除了专业课，还有通识课，科目偏多，学生课业负担很重。十分善于学习的邓稼先很快改变了均衡用力的学习策略。

像必修课德语，这是邓稼先引以为傲的第二外语，在西南联大时就已经很好地掌握了。对这门课程，他试了试"坐吃老本"的策略，随堂小测验结果显示，他果然得了高分。于是他将这一策略的适用范围扩大，对这些底子好的课程，统统一带而过，腾出的精力全部用到钻研核物理的最新成果上。

第一学期的考试成绩，正式宣告邓稼先的学习策略大获全胜。他每一门功课都在八十五分以上，还由此获得了奖学金，一举解决了自己吃不饱饭的问题。

"师兄，我有奖学金了，每顿饭都可以吃饱，不用再给我寄钱了。"邓稼先立即给杨振宁写信，报告好消息。

是杨振宁的资助，支撑着邓稼先度过了在美国最初也是最艰难的一段时间，这让邓稼先对杨振宁十分感恩。邓稼先写信告诉家人："在那些出国的子弟中，杨振宁的成绩最好，他不但成绩好，还给予我资助，支持我在普渡大学度过了没有奖学金的那段日子。"

一九四九年暑期，邓稼先从普渡大学来到芝加哥市区，与杨振宁和他的弟弟杨振平一起在芝加哥大学附近租了一间公寓，住在一起。

邓稼先与杨振宁在一起彻夜畅谈美国与中国在物理学习方法上的不同。他们发现，国内是推演法，在书上学到一个理论，按定律推演到现象。芝加哥大学与普渡大学正好相反，不是从理论而是从新的现象开始，老师和同学脑子里整天想的就是这些新现象能不能归纳成一些理论。如果归纳出来的理论与既有理论吻合，那很好，就写一篇文章；如

"我学成一定回来"

果与既有理论不符合，那更好，因为那就代表既有理论可能不对，需要修改。

"在祖国学习时使用推演法，打下非常扎实的理论根基；到了美国，学会多注意新现象，由新现象归纳出理论，激发了创新和突破意识。"邓稼先与杨振宁越谈越投机，他们相互击掌，深感幸运，一同憧憬着未来。

在导师的指导下，邓稼先夜以继日，只用了不到两年的时间就修满了学分并完成论文，顺利获得了博士学位。一位物理系教授有意带邓稼先到英国继续深入研究。在这样的机会面前，二十六岁的邓稼先思想上没有任何犹豫，他婉拒了教授的好意。

一九五〇年八月二十九日，在普渡大学拿到物理学博士学位后的第九天，邓稼先就从洛杉矶登上"威尔逊总统号"轮船回国了。

骑车故地重游

这时的北平已经改称北京,是中华人民共和国的首都。

走在北京的街道上,耳畔响起熟悉又乡土味十足的北京话——"豆浆油条喽!""卖取灯(火柴)喽!"让游子邓稼先瞬间热泪盈眶。

此时的故乡已经大变样。往日横行霸道的洋人、兵痞、旧警察、叫花子都不见了。不算宽阔的街道干干净净、秩序井然,孩子们欢快地边跑步边唱歌。

一个绵延几千年文明的泱泱大国,在饱受欺凌近百年后终于站了起来。人民都心花怒放,希望亲手建设这个全新的、人民当家做主的新中国。

这一小段时间，邓稼先静待工作单位确定，恰好有空暇，这让他也有机会好好看看分别已久的北京。他又骑上自行车，循着一九四〇年离开前，驮着弟弟与这个城市告别时的路线，和月光中的东四牌楼、景山、故宫、北海、西四牌楼……一一打声招呼，也告诉它们，自己学成归来了！他在异国他乡时是多么思念北京的一草一木！

但这一次骑车故地重游，唯一遗憾的是，他没能带上小弟邓槜先。邓稼先见到了父亲、母亲和两个姐姐，而小弟已在一年前参加南下工作组，此刻身在千里之外的湖北省。

时隔不久，邓稼先被安排到中国科学院近代物理研究所工作，这个研究所就是原子能研究所的前身。他在彭桓武教授领导下从事原子核理论研究。

一九五三年，二十九岁的邓稼先和二十四岁的许鹿希结婚了。许鹿希是五四运动中著名学生领袖许德珩教授的长女，早在北京大学医学院读书时，就听过助教邓稼先的课。

邓稼先每天下班回到家，和他的妻子总有说不完的话。他们有许多共同的回忆，共同的话题。就连邓稼先的专业原子核物理,许鹿希也有一些了解。她的母亲劳君展曾师从著名科学家居里夫人研究放射性物理学,是居里夫人唯一的中国籍女学生。

邓稼先的岳父许德珩同样是个传奇式的人物。他是五四运动中的一名学生领袖,是《五四宣言》的起草者;他曾做过国民革命军总政治部秘书长,又在新中国成立后担任全国政协副主席和全国人大常委会副委员长。

一九五六年初夏的一个傍晚,邓稼先到岳父家探望。饭后,全家人在院子里乘凉,许德珩讲起他参与发动五四运动时的场景,邓稼先忍不住问岳父:"您当时在蔡元培校长的帮助下好不容易读完了大学,还有两个月就毕业了。您这么干,没想想自己的前途吗?"许德珩回答说:"我们要把国家兴亡担在自己的肩上。要么救中国,要么死!国家兴亡,匹夫有责!"

岳父的这番话在邓稼先心中引起了强烈的共鸣。邓稼先沉默了好一会儿,直到许鹿希催促他:"该回家了!不然没公共汽车啦!"他才回过神来,告别了岳父岳母。

许家与邓家是世交。二十世纪三十年代,邓以蛰与许德珩一同在北京大学任教,是好友。许德珩和劳君展在私下里说起女婿邓稼先来,总是亲切地称他为"邓孩子"。

"邓孩子爱国,他拿到学位后第九天就动身回国,可见他是一腔报国之心啊!"许德珩有感而发,对妻子劳君展说。

"邓孩子小时候多淘气啊!你还记得咱们去他家,他双手吊在门框上荡秋千吗?"劳君展说起往事,一脸笑容。

"记得。邓孩子还模仿管家报信儿的声音,大喊:有客人来了,有客人来了!"许德珩说道,"我们和邓孩子有缘分哪,这不,客人变成亲人了,邓孩子成了咱的女婿!"

命运大转折

"稼先,《人民日报》刊登了你们入党的消息。"一九五六年四月的一天傍晚,邓稼先的妻子许鹿希一回到家,就向她的丈夫和孩子展示当天的《人民日报》,一字一句读起来。"孩子,你看,这是爸爸的名字——邓稼先。"许鹿希又高兴又激动,全然不顾两岁大的典典还没到识字的年龄。

那张刊登《一批科学工作者加入中国共产党》消息的报纸,被邓稼先的妻子永久收藏了。就在前一天,邓稼先和其他三十四名研究人员同批入党,邓稼先因此也与在大学期间就已入党的妻子之间多了一层同志关系。在他们心里,这一层同志关系,意味着更深的理解、更默契的志同道合。

此时的邓稼先,已在中国科学院工作了六年,在《物理学报》发表了多篇论文,为我国原子核理论研究做了开拓性的工作。一九五四年起,他兼任数理化学部副学术秘书,协助学术秘书钱三强教授和吴有训副院长工作。这些经历让他在业务工作与联系群众两方面都得到了锻炼。

这也是一段平稳轻松、惬意自由的日子。每天下班后,邓稼先都会骑着自行车回到位于北京西郊的北京医学院宿舍,在这套两居室房子里陪两个孩子典典、平平玩游戏。夏天,要等到天完全黑下去,抓蛐蛐、逮青蛙才能顺利"得手",邓稼先不仅向孩子们传授经验,还带着他们趁着天黑大显身手,回到家中才发现两个孩子被蚊子咬了一身包。到了冬天,邓稼先就带着儿子平平和女儿典典放鞭炮。那时的阳台是开放式的,而他们所在的楼房像一座孤岛,方圆十公里都是荒地,完全不用担心安全问题。

邓稼先戴着棉手套,划火柴点燃了一炷香。"典典,平平,老规矩,先放一挂鞭。"邓稼先把晾衣服的铁丝卸了下来,把那挂鞭挂在铁丝的前头,左手举着铁丝的末端,再用右手拿着那炷香将鞭引燃。平平和典典站在角落里,捂着耳朵,半眯着眼睛看,有些害怕。不过很快,那挂鞭就噼里啪啦地放完了。

"现在要放二踢脚喽!"邓稼先提示了一下,但两个孩子并没有明白爸爸的用意,直到他们被震天响的响声吓得连眼睛也不敢睁开了,才知道二踢脚原来这么厉害,可比那挂鞭的响声吓人多了!

震撼人心的声光效果给邓稼先带来了在北京城四合院里生活时没有过的感官体验。沉醉其中的邓稼先并不知道,这样简单而快乐的生活,即将结束了。

一九五八年八月,钱三强教授叫三十四岁的邓稼先到他的办公室,开门见山:"稼先同志,国家要放一个'大炮仗',调你去做这项工作,怎样?"

邓稼先马上就明白了,钱三强教授所说的"大炮仗",指的是原子弹。他迟疑了一下,喃喃自语道:"我能行吗?"

钱三强教授明白事发突然,这个朴实憨厚的小伙子一时有些蒙,于是他慢慢地把国家的计划、领

命运大转折

导人的设想一一讲给他听。国家、党中央、毛主席、国防安全，这些反复出现的词让整个房间升腾着一股力量。

钱三强教授一边讲，一边望向窗外，窗外很空旷，好像变成了一片天然的试验场。蘑菇云升起的情景，仿佛就在窗外上演。"能完成这样的任务，对国家、对人民，我们就是做了一件有意义的事，我们的人生就有意义了。"钱三强教授感慨地说。

"这个任务太重大了，我虽有原子核物理研究的经历，对原理问题在行，但是原理和武器之间，相差的岂止是十万八千里啊！"邓稼先自言自语地说，"万一砸了锅，怎么向人民交代啊？"

钱三强教授慢慢平复邓稼先的情绪，他说："组织选人有几点考虑：专业对口，学核物理专业，有相当的专业水平和科研能力，但名气又不能太大，以便和苏联专家相处；出国留过学，了解海外情况，会与洋人打交道，懂英文，也要懂俄文；政治条件好，觉悟高，组织纪律性强。你做过数理化学部副学术秘书，中科院党委书记张劲夫说你品质非常好，很少说话，每天上班总背个布包放书。就这样,有关领导最终选定了你这个'娃娃博士'。"对二十六岁就获得博士学位的年轻人邓稼先,吴有训、钱三强等老一辈科学家给他起了这么个爱称——娃娃博士。

"这也不能说"

邓稼先全然不记得是怎样从钱教授的办公室走出来的,他坐在了自己的办公椅上,双眼望着前方,心却是乱的。

他静静地坐了一会儿,仍无法摆脱心中的烦乱。他一时想不到什么办法,索性走向自行车棚,先回家吧!

从研究所回到了家中,妻子在厨房里忙着做晚饭,两个孩子正在玩游戏。邓稼先像往常一样亲了亲孩子们的小脸蛋,坐在了客厅的沙发上。这时候,两个小孩子一个跳上了他的左腿,一个跳上了他的右腿,两个人都把小脸蛋埋在爸爸的胸前,竞相向爸爸表达分别一天的想念。

邓稼先的眼眶有些湿润了。也许未来的一些年，这样稀松平常的场景将很少在这个家出现。孩子们的爸爸也许很长时间不能回家。他一会儿想东，一会儿想西，一大堆问题冒了出来。

妻子这时从厨房里走了出来，看到丈夫紧锁的眉头，她愣了一下，并没有说什么。

邓稼先的心又飞到了他们相识的最初。那时他在北京大学当助教，就读于北京医学院的许鹿希来上物理课，她求知若渴的眼神仿佛就在眼前。今日的她在医学院里工作充满干劲，还要照料两个年幼孩子的日常起居，已经是满身负荷了，而自己这一走，她能撑得下去吗？还有身患肺病的父亲和母亲，他们的生活怎么办？邓稼先一时不知如何是好，恨不得自己有分身术。

此时，妻子正站在面前。看他自从回到家一直在发呆，连叫了几遍吃饭也听不到，她忍不住问道："怎么回事？"

邓稼先回答："我调动工作了，今后恐怕照顾不了这个家了，一切全靠你了。"

毫无思想准备的许鹿希有些蒙，她问道："去哪里工作?"

邓稼先想了想,答道:"这不能说。"

"去做什么工作?"

邓稼先又想了想,答道:"这也不能说。"

"完全离开北京吗?"许鹿希问。

"也不是。一段时间在北京,一段时间不在。"邓稼先回答。

"那你到了外地,总能给家里来封信吧?"许鹿希几乎是恳求的口吻了。

"估计……这些都不行吧!"邓稼先的回答有些绝情,他不忍心去直视妻子的眼睛。

许鹿希愣住了。丈夫一反常态,她不知说什么好,心冰凉冰凉的。她感到丈夫的心已经飞走了。

时间就在两人之间静静地流逝。这时,邓稼先对妻子说的话,让她记了一辈子。邓稼先说:"我能告诉你的是,这工作很重要,我只能尽力做好这件事。"

丈夫说完,许鹿希没有再问。她只好接受未知的一切。

养花和物理有什么关系

"这里就是未来的九院,给你们一个任务——尽快盖成原子弹教学模型厅,一定要按照苏联专家的要求来办。"

一九五八年八月,邓稼先到核物理试验基地报到第一天,面对一块高粱地,第二机械工业部领导指示他们在那里建成新中国的核武器研究院,同时还告诉他们,苏联专家将会参与援建。这在当时可是个好消息。

此后,邓稼先就和新分来的大学毕业生一起长途跋涉到这块高粱地上班了。

刚刚从复旦大学毕业的胡思得报到后,也到了这块高粱地。一位中年人停下运砖的推车,拍了拍手上的土，走到了他的面前。"欢迎你，小胡。"中年人热情地说道。经旁人介绍，胡思得才知道，这位中年人就是邓稼先。

什么？邓稼先在运砖？

如果你认为，邓稼先他们是来看建筑图纸、监督工程进展，抑或是过来欣赏这座建筑的，那么你就大错特错了。这些科研工作者穿上了工服，拿着各式各样的建筑工具，有铁锹、抹子、瓦刀，戴着胶皮手套，推着小车，拉着水泥和砂石，全部变身施工工人，砍高粱、平地、修路、抹灰、砌墙……

中方邀请的苏联专家也来到了工地，他们看了看这些灰头土脸的科技人员，面无表情地对负责人邓稼先说："原子弹教学模型厅，要两层楼房的高度，窗户设在最高处，尽可能小，从外边完全看不到里面。"此时的邓稼先，对苏联专家充满了信赖，和他的团队将这些要求照单全收，严格按每一项要求亲手建造。

两个月过去，这座模型厅建好了。邓稼先请苏联专家前来验收。

苏联专家看了看，说道："保密度不够，你们要在外侧竖起一个大烟囱,遮住模型厅。"于是,邓稼先又和他的伙伴们紧急从外地调运过来烟囱材料,连夜组装了一个巨大烟囱,竖在了紧靠马路的地方。

这下,只有两层楼高的原子弹教学模型厅就被完完全全地遮住了。

邓稼先满怀信心地又请来了苏联专家,十分有把握这座模型厅能通过验收。

没想到,苏联专家扫了一眼地面,说道:"地不平。"邓稼先以为自己听错了,又询问了一遍:"什么?"

"地不平。"苏联专家斩钉截铁地说,没有任何解释。

邓稼先仍旧没多想,赶紧叫来小伙子们给地面做了找平,再用水平仪测试,全平了,他才松了一口气,让苏联专家再来验收。

一万个没想到,苏联专家瞥了一眼窗户,又说道:"窗户上没有铁护栏。"

在场的中国团队里不少人都感觉到了不对劲,有人扯了扯邓稼先的衣角,邓稼先也有了一种不好的预感，但他表面上并未流露，照旧让小伙子们以最快的速度把护栏加上了。

一会儿做地面找平，一会儿加装护栏，就是不入主题，时间不能就这么白白耗掉啊。邓稼先赶忙找到钱三强教授汇报情况，他对钱三强教授说："苏联专家给模型厅挑毛病，尽是些地不平、窗户没护栏这种无关紧要的问题。这也就罢了，他们的讲课内容也是越来越水，不碰专业问题啊！闲聊时谈笑风生，问到学术问题就三缄其口！我们拿不到有用的信息，心里着急得很。"邓稼先一股脑儿地道出了苦水，"第一位专家来之前，我们就打听到了他爱喝乌龙茶，上课之前，泡好了上等的茶水放在讲台。他一品，心情不错，讲出了一些有用的信息，结果坐在旁边的苏联顾问团里面有个领导马上故意咳嗽起来。这位专家话锋一转，含糊其词地就把那堂课结束了。"

"第二位专家怎么样？"钱三强教授急忙问道。

"只敲木鱼不念经，那就是个哑巴和尚。"邓稼先答道，"他一边对模型厅挑各种各样的毛病，一边给我们开了一份长长的书单。"

"书单？里面有有用信息吗？"钱三强教授说，"二机部部长宋任穷要求，能挤就挤，像挤牙膏，有一点儿就是一点儿。"

"在我们的穷追不舍之下，那位哑巴和尚才开出书单，里面什么都有，连怎么养花的书都有，就是没有与'大炮仗'有关的。"邓稼先无奈地说。

"你们和他直接交流过吗？"钱三强教授还是有些不甘心。

"我客气地问他，养花和原子核物理有什么关系？结果他说，难道科学家不该在开满鲜花的环境里工作吗？"邓稼先无奈地摊了摊手。

两位科学家之间并未谈及政治，但已心照不宣。

那是一九五九年六月，苏联以自己与美国、英国等国正在谈判禁止试验核武器为借口，提出暂缓向中国提供原子弹的教学模型和图纸资料。后来，苏联政府又擅自撤走全部在华专家，中苏关系破裂。

一九五九年七月，周恩来总理向宋任穷部长传达中央指示：自己动手，从头摸起，准备用八年时间搞出原子弹。二机部副部长刘杰找到邓稼先布置工作:"今后一切只能靠我们自己干了。"

苏联的毁约停援给中国的核工业建设造成了很大损失,白白浪费了我方的时间和精力。此时孤立无援、一切归零的邓稼先感到身上的担子有千斤重。

曾留学美国的他,知道这项工作的难度有多大。美国的原子弹理论设计工作始于一九四二年,聚集了阵容强大的研制者,这在世界科学史上都是空前的。其中有至少十四位参与者获得过诺贝尔奖,还有一批世界第一流的科学家。当时的美国也有发达的工业,已经能够制造汽车、飞机和军舰。而二十世纪五十年代末的我国,才刚刚能够生产大卡车,科技人才之间的差距更是天上地下。

对于一般的科学技术来说,人类最初的发明是最艰难的,是最具突破性的。后继者则是站在前人的肩膀上,相比之下容易得多。但是核武器是例外,它属于军事机密,也不像别的新式武器一样在缴获之后可以拆卸研究。在原子弹研制的路上,是无可借鉴的。一切都要靠中国人自己摸索。

此时,王淦昌、郭永怀等高水平的科学家还没有到这里来,因此,理论设计的主攻方向,基本上就靠邓稼先自己来琢磨和定调了。

邓稼先更沉默了,连睡觉都是心不在焉的。夜已经深了,他只是闭着眼睛,却没有入睡。紧闭双眼的他仍在原子弹理论设计的茫茫世界里摸索。他必须尽快找出几个主攻方向,好让已经从祖国各地赶来的年轻人动手工作。

神奇补课法

"稼先,吃饭了。"

"爸爸,吃饭了。"

"爸爸,爸爸,吃饭了。"

望着邓稼先独自坐在阳台上的背影,妻子许鹿希和儿子、女儿轮番上阵,坐在距他几米之外的餐椅上放大了分贝喊他吃晚饭,他还是无动于衷。

许鹿希叹了口气,朝两个孩子摆了摆手,对他们说:"咱们先吃吧。爸爸还在大海里没游回来呢!"

两个孩子笑了起来。"妈妈,爸爸明明是在阳台,哪里有大海啊?"平平一边把一块牛肉塞进嘴里,一边问妈妈。

妈妈认真地告诉两个孩子："爸爸是在科学的大海里游泳呢，远方的灯塔还没有找到，上不了岸，咱们耐心等等他。"

两个孩子非常懂事，他们已经习惯了这个和从前不一样的爸爸。从前和他们一起捉蚂蚱、放鞭炮、嘻嘻哈哈闹作一团的爸爸不见了，现在的爸爸难得笑一次，总是把自己一个人关在房间里，有时还把音乐开得好大声。

邓稼先每天都处在巨大的压力之下，科研占满了他整个头脑，在思维最焦灼的时候，他习惯性地打开音响，聆听贝多芬第五交响曲。乐曲中的命运扼住了人类的咽喉，而人类竭尽全力搏斗，终于反转了形势，扼住了命运的咽喉。在这样的惊心动魄中，他让自己沉醉，让自己获得前进的力量。

没有人能真正了解这位科学家的头脑中经历了什么。总之，他的努力没有白费。将中子物理、流体力学、高温高压下的物质性质这三个方面作为主攻方向——他找出来了！这是邓稼先为我国原子弹理论设计工作做出的重要的贡献。

得知三个主攻方向已找到，从一九五八年起先后调来的二十八名大学生，放下手中的参考书，欢呼起来，相互击掌。他们就等着邓稼先给大家伙儿分组，都想马上开始工作。

按照三个主攻方向，把这些大学生分成三组，这是顺理成章的事。可是仔细看看名单，邓稼先发愁了。

这些年轻人都来自名牌大学，成绩优秀，但是他们中很多人并不是学物理的，更不要说核物理了。他们有学数学的，有学冶金的，有学建筑的，还有学外语的。这也难怪，我们国家在大学中设置核物理专业是在一九五六年，最早的一批学生就连本科还没毕业呢。

面对这些大多没有核物理基础的学生，邓稼先决定先补课。他打算等他们入了核物理的门，再分组开展科研。

邓稼先的课一上就是半天，学生们聚精会神地听，没人上厕所，没人喝水，没人走神儿，更没人发呆，每个人心里都因为这个大任务，恨不得一口吃成个胖子。而邓稼先也恨不得把在美国学到的核物理知识一丝一毫都不遗漏地灌输给他们。

"老邓讲课层层递进，听起来像泉水淙淙流淌，我们心里面透亮极了。"学生胡思得说。大家都喜欢这位讲起课来清晰、通俗又透彻的邓教授，亲切地叫他"老邓"。

一边通过补课让学生们掌握基础知识，一边还得让学生们的思维活跃起来。邓稼先组织了读书小组，亲自选出了《超音速流和冲击波》《中子运输理论》《爆震原理》以及《原子核反应堆理论纲要》这几本经典之作。

这些书，邓稼先那里也凑不全。他找到了钱三强教授，钱教授那里只有一本俄文版的《超音速流和冲击波》。邓稼先还想找到英文版，可找遍了全北京的图书馆，别说英文版，就连俄文版也没有第二本。

"这是全国唯一一本《超音速流和冲击波》，你们可得像保护眼睛一样保护好它！"邓稼先向胡思得布置作业：手刻蜡版自己油印，争取印够人手一本。

书印好后，邓稼先给学生们布置作业。他让每个学生认领一个章节，担当小教员，给大家讲课。

听邓稼先讲课，仿佛淙淙的泉水在耳畔流淌，是一种轻松和享受；可轮到自己当起某个章节的小教员，还得讲课？有些学生反应快，发现这个变化之后，惊呼道："我们也能讲？我们懂得很少啊。怕误导了同学们啊！"

邓稼先哈哈一笑，说道："通过之前的补课，你们已经有了一定基础，也已结合你们的特长和兴趣完成了分组，眼下啊，读书、演讲和讨论这样的探索式学习方式，能够帮助你们在所选小组内快速提升。试试看，在重压之下，你们有没有额外收获和奇妙的思维火花闪现吧！"邓稼先鼓励着大家。

三个组各自热火朝天地读起来，讲起来了。邓稼先每个组都不落下，全部参加他们的讨论。讨论常常持续到深夜，只要这个问题还有话说，讨论就不结束。有的学生困极了，突然间睡着了，从椅子上摔到地上，扑通一声，倒是起了神效，惊醒了好几个支撑不下去已经睡着的年轻人，他们每个人都睁大眼睛继续听。邓稼先这个拼命三郎，也带出了个拼命三郎的团队。这些学生进步神速。

已是后半夜了，讨论终于结束，学生们大多累到极点,倒头就睡。而邓稼先还要回家。

一天深夜,邓稼先的眼睛已经睁不开了,勉强骑车到了楼下,爬上了楼,眼前的一幕让他瞬间惊醒。五岁的女儿和三岁的儿子坐在房门外的楼梯上睡着了,他俩互相搂着对方,还流着口水。

邓稼先一下清醒了。他想起妻子出差了,嘱托他在晚饭时给孩子们开门,但他早忘到九霄云外了。看着熟睡的孩子,想到他们两个连晚饭也没有吃,邓稼先的心里难过极了。他把两个孩子抱进家门,帮他们脱掉厚厚的棉外套,让他们睡在了床上。

两个孩子都没有被弄醒,看来真是累极了。

草稿纸从地板堆到天花板

"老邓，装满草稿纸的大麻袋从地板堆到天花板了，这屋子就快进不去人啦！"听到一位年轻人说出的这句话，邓稼先沉默了一会儿。

从事绝密的原子弹理论研究工作，改变了邓稼先大大咧咧的性格。遇到什么事，他总会多想一会儿再决定。

"咱们不能私自处理这些废纸，等我和组织联系一下。"邓稼先回复道。

这些废纸是三个组的年轻人没日没夜做计算、推导公式用掉的纸，里面藏着国家机密。

邓稼先给年轻人下达了两项攻坚任务，一拨人负责推导公式、搞粗略估计、求近似值，一拨人搞精确计算，为的就是合力构建起原子弹理论设计的框架。

这一天中午，一个年轻人连敲门都忘了，直接闯进邓稼先的办公室。年轻人兴奋地说道："老邓，我得出的数值是……"邓稼先听完哈哈大笑，让人摸不着头脑。

"我在这张纸上粗估了一个范围，你们用机器算的不会超出这个框框。可你的数值超出了我的框框，看来不对。"邓稼先用手中铅笔上端的橡皮头轻轻地敲了敲面前那张草稿纸，和蔼又自信地说道。

严谨的科学家邓稼先针对精确计算小组的研究课题，先用粗估的方法，也就是把各种条件综合起来，从理论上估出了一个数量的大致范围，制出了一个框架。这样做就是为了防止这个小组跑偏、走错方向。那些年轻人每次算出了精确数值，都要找邓稼先来验证一下。在他们心里，邓稼先就是一根定海神针。

无论是粗估，还是推导公式，那些年轻人不服别人，就服邓稼先。有学生调侃说，所有的物理定律和公式，都是在字与数的组合里，被天才找到的。不能单靠苦力，要脑子灵光一现才行。他们说，和粗估一样，推导公式同样考验智商、灵气和天分，甚至还有一点儿运气的成分。

当他们推导公式绞尽脑汁，陷入绝望，实在是找不到出路了，他们也来求助邓稼先。

邓稼先白天没想出办法来，晚上回到家，吃完饭就躺在床上，闭着眼睛，或者双眼望着天花板，就那样一支笔也不用，凭着神思妙想，竟把一个个白天推不出的难点攻克了。他开心极了，呼呼大睡起来。

一大清早，刚到所里，邓稼先赶紧告诉年轻人，公式搞出来了。一时间，欢呼声简直要掀翻了房顶。年轻人对邓稼先的崇拜就是在这样的一个又一个清晨一次次加深了。

"你们脸色怎么那么难看啊？"邓稼先问年轻的同志孙清河。小孙顺口答道："吃不饱饭，饿得呗。"

邓稼先心疼这些年轻人啊！他领导的理论组每天需要工作十几个小时，青年技术人员忍着饥饿坚持工作。都饿到什么程度呢？一九六〇年春节，大家一起包饺子过年，他们几十人只分到了一斤白菜、一斤肉和一斤面。大家坚决不让南方来的同事包，生怕他们不熟悉包饺子的手法，把宝贵的菜和肉煮到汤里面。

看着年轻人又黄又青的脸色，邓稼先变戏法似的从抽屉里拿出了大白兔奶糖和酸三色糖，让年轻人打打牙祭。在这个粮票年代，只有这几样高价食品可以用钱买，不需要配上粮票。

这一点儿糖果，要分给几十口人，真是僧多粥少。那些年轻人吃下了还是饿。但他们对邓稼先的感情，已不仅仅是学术上崇拜，更视他为兄长。

数值不一样?

"老邓,这个数值算了几遍,都和苏联专家给的不一样。"新的难题出现了。

这是原子弹理论设计中的一个关键参数,苏联专家以前曾经回答过我方提问,随口告诉了一个数值。可这个数值十分关键,万万不能有任何误差,需要精算,所以年轻人们反复测算了这个数值。痛苦的是,算出来的结果和苏联人给的不一致。他们一次又一次地精算,换人算,但还是不一致。

他们连那个年代最金贵的家伙——计算机也用上了。其实,它并不怎么好用。

分配给他们的最高级的一台计算机是每秒计算一万次的104机,但不是随便什么时间都能用,还得在分配给他们的时间段内到计算所去使用。

"让光召来!"此时的邓稼先,已有得力助手周光召在侧。一九六一年,在苏联杜布纳联合核子研究所工作的中国青年科学家周光召主动回国,参加到原子弹的理论设计工作中。

"我怀疑苏联专家给的数据有误。"周光召几经测算后,向邓稼先报告。

沉默了片刻,邓稼先拍了拍周光召的肩膀,淡定地说:"我们现在就组成攻关组。"

几天后,邓稼先宣布:"光召以他深厚的物理功底,利用热力学的最大功原理,论证了即使炸药做了最大功也达不到苏联专家的数据。"一时间,全体研究人员高声大呼:"光召立功了!"

宋任穷部长得知了这些曲折,很是欣慰,特地传话说他们干得不错,没被困难吓倒。

困难从没吓倒过他们,困倦也没有打散过他们的斗志。他们不怕苦,不怕累,最怕出半点儿错漏啊!

邓稼先总对年轻人说:"咱们这项工作,容不得半点儿马虎,容不得半点儿错漏。"

如履薄冰的三年悄然过去，就在从头到尾九遍计算完成之时，邓稼先的团队沸腾了。他们都明白，这意味着他们已经大略勾勒出了我国第一颗原子弹的轮廓，原子弹理论设计的框架已经摸索出来了。

"逛逛街去吧！活动活动筋骨，放松放松头脑。"邓稼先带着大家，找到了他熟悉的那个食品摊，请每人吃了一个香喷喷的烤红薯。

吃完烤红薯，大家嘻嘻哈哈地一路说笑着回到了单位，没想到邓稼先还准备了另一个"惊喜"。他又从抽屉里变戏法似的拿出一包酸三色糖，给每个人发了一块。大家都高兴极了。

次日，邓稼先把这个阶段性成果报告了上级。中央立即让邓稼先做一场有关第一颗原子弹蓝图的报告。

"我向尊敬的科学界老前辈和同志们汇报学习心得。"邓稼先的报告，其实就是关于原子弹理论设计的框架和构想。最特别的地方是使用铀-235做材料，采用内爆的方式，这与其他四个核大国走了完全不同的路径。

数值不一样？

聂荣臻元帅、陈毅元帅、宋任穷部长、张爱萍将军等领导同志都听了这个报告。一位物理学家当场评价这份报告说，它具有极高的学术价值，可以说它已经描绘出原子弹的雏形，在事实上宣告了我国核武器进入决战阶段。

此后，九院成立了一个专门小组，负责联系实验和生产，这个小组由邓稼先和周光召亲自指导。邓稼先也从实验室转战到了原子弹制造工厂。

加工第一颗原子弹的材料

"老邓,你已经盯了一整天了,到休息室歇会儿吧。"核武器工厂生产车间负责人关心地说。

邓稼先已经在工人师傅的身后站了十八个小时了。这一次,是在特种车床上加工原子弹的核心部件,要把极纯的、放射性极强的部件毛坯切削成需要的形状。这是一件非常精细的手艺活儿。工厂派出了经验最丰富、心态最平稳的老师傅。

老师傅心里明白,这活儿太危险,不能切多,不能切少,不能有半点儿火星,而且稍有不慎,后果不堪设想。老师傅也是第一次做,心里没底。他迟迟没有下手。

在这样的时刻,邓稼先总不会缺席,他站到了老师傅的身后，帮老师傅稳住了心。

平日里，老师傅们都愿与邓稼先分享经验，教他怎么通过看工人的操作动作就能辨别产品的品质，邓稼先渐渐懂得了许多工程技术方面的知识。在加工每一个要害处的零件时，他都要求自己全程到位。大家都说邓稼先是福将，关键时刻，只要有他坐镇，就人心稳定，就顺顺当当。

但不是每一次生产都一帆风顺。

邓稼先对此早有准备，特地把宿舍电话装在了床边的小桌子上。这样，深夜里万一有什么突发情况，工厂能第一时间联络到他。

这一夜，已过零点，电话在电闪雷鸣声中响起。邓稼先一把抓起了电话。那边急促地汇报："重要部位加工出问题了。"

"我马上出发。"邓稼先说。

邓稼先立即拨通了司机师傅的电话，对方也是痛快："十分钟后到您门口。"

屋漏偏逢连夜雨，大雨已经连续下了四五天了。吉普车开上了山路，碎石和泥沙就在挡风玻璃前两三米的地方滚滚落下。司机安慰邓稼先说：

"您是福将,石头不挡咱的车。"

"能快尽量快。"一向理解人的邓稼先,这下可给司机出难题了。

盘旋的山路坡陡弯急,再加上雨天路面湿滑,稍微加点速,车子就像泥鳅一样摇头摆尾。而山下就是悬崖啊,十分危险。

这一段山路,好不容易安全通过,司机已是满头大汗,可更大的难题出现了。

一个急刹车,司机把车子停了下来。

"怎么回事?"邓稼先不顾雨大风疾,摇下车窗伸出头去查看。

原来,眼前这一座窄桥已被河水漫过。有的地方看不出来水有多深。如果贸然过去,车子极有可能就在水中熄火。这荒郊野岭的,一旦熄火了,必定孤立无援啊!

"走吧!"邓稼先关上窗户,发出命令。

"这里曾多次发生过车毁人亡的事故,况且今天还下大雨……"司机有点犹豫,赶紧向邓稼先说明。

"那有什么办法?冲过去啊!"邓稼先急了。

"您是大科学家,这个风险太大了!"司机也急了。

"他们在等着我处理故障。干咱们这一行的,出了事故就不得了啊!"邓稼先压低了声音,坚定地命令道,"冲过去吧!"

司机明白邓稼先的意思,也懂得他肩上的责任。司机定了定神,擦掉手心的汗,轻踩油门,平稳地冲向了桥面。

车子在被河水漫过的桥上滑行,可算是挺过去了。

几个小时后,邓稼先到达了车间,埋头干了一天一夜,才消除了故障。而此时,早已累得呼呼大睡的司机才刚刚醒来。

几个月后,对制造原子弹来说,最关键也最危险的时刻到了。

"原公浦同志,铀-235铸件只有两套,不能有任何损坏。这是我们的命根子,甚至比我们的生命还重要……"虽然对铀-235的重要性早已了然于胸,但当邓稼先再一次当面郑重叮嘱时,原公浦不由得紧张起来。

加工第一颗原子弹的材料

要开始加工第一颗原子弹的材料,也就是铀球了。这两颗铀球总重十五公斤,体积只有橙子那么大。按照设计方案,外壳的炸药爆炸后,将两个半球紧紧挤压在一起,达到临界质量,就会引发核爆炸。

这两颗铀球的加工精度要求极高。而当时,中国还没有精密数控机床,只能用球面机床加工,这可太考验技工师傅的手艺了!在全中国挑选有这等手艺的技工,只找出了几个人。而上海汽车底盘厂的技术工人原公浦就是其中之一。

加工区内是核沾染环境,已采取屏蔽措施,与机床外侧完全隔离。此刻,原公浦站在机床外侧,隔着厚厚的玻璃观察窗,戴着双层乳胶手套从两个小孔进行操作。

第一人原公浦每车一刀,厚度仅有头发丝的十分之一。

第二人为监护人,一面监视原公浦的操作,一面及时拾起他车下的铀屑,防止铀屑积聚在切削盘内,引起裂变链式反应。

第三人负责测量,原公浦每车三刀,他就要测量一次，看看还差多少，还要车多少刀。

在场的人全都屏住了呼吸。伴随着嗞嗞的进刀声，铀坯在原公浦手中慢慢改变着模样。

车完最后一刀，原公浦长长地舒了一口气。检查员报告："核心部件的精确度、同心室及尺寸等各项数据全部达到设计指标。"原公浦从此有了一个响亮的名号——"原三刀"。

满眼血丝的邓稼先没有说话，始终稳如磐石地站在那里。此时的他，已是热泪盈眶。

这时是一九六四年五月一日凌晨，距离我国的第一次正式核试验还有五个月。

试验前的最后阶段

一九六四年六月,核试验进入准备阶段。邓稼先来到了罗布泊——我国的核试验基地。

在被确定为核试验基地之前,位于新疆维吾尔自治区的罗布泊,是一片荒无人烟的戈壁滩,人称"死亡之海"。因为它足够大,又足够荒凉,有水源,且不在地震带上,戈壁滩西端十万多平方公里的地区被划定为中国的核武器试验场。

此时,这片戈壁滩上,正在建设一座神秘的铁塔。

一九六四年六月二十六日,铁塔安装完成。八级大风猛烈地吹着这座高高的铁塔。一次,两次,三次……总共试验了十一次。

"塔顶的最大摆幅始终保持在半米至一米之间,铁塔工程质量极佳!"施工队队长报告结果后,邓稼先放心地离开了罗布泊。

三个多月后,邓稼先、王淦昌等理论设计专家再次来到罗布泊。这个时候的罗布泊,已进入试验前的最后阶段。

"你们一定要把塔上爆室里温度分布的情况考虑清楚。"邓稼先走进帐篷,对专门搞流体力学的朱建士同志交代工作。队员张振忠一听,就感觉邓稼先的建议是非常有眼光的,未雨绸缪。假如说"产品"装好了,雷管也插好了,进入爆室里面准备起爆了,发现一些特殊情况,比如温度变化,就是关系核爆炸成败的大问题了!

此后,张振忠和他的老师朱建士根据实测的温度,设计了一个理论模型,给出了爆室的温度曲线,让九院领导和试验指挥部下了决心。

夜里十二点了,空爆前的会议还在继续。"你能不能抓住中子?"邓稼先急切地询问一直研究中子探测问题的唐孝威。

"老邓你放心,有一个中子我保证都能给你抓住。"唐孝威拍了拍胸脯说道。这下，邓稼先放心了。实际上，在此之前的试验阶段，唐孝威的团队已经抓住好几个中子了。

一切都准备好了，但每个人的心都像装着一只小兔子般突突乱跳。

在这最后的阶段，大家都是绞尽脑汁地找漏洞，以保万无一失。试验的测试和准备工作都有人把关，大家觉得没有问题。其实，理论设计有没有把握才是最核心的问题！要是这里没把握，后面再怎么准备也没用啊！所以，邓稼先就成了试验场区的核心人物。大家追着问他："对这次核试验理论计算的结果，到底有没有把握？"

邓稼先不说话，闷着头独自出去转悠。实在被逼得没办法了，他就说一句："反正能想到的问题、该想到的问题，我们都想到了！"

他钻进帐篷里，呆呆地坐着。"所有稍有怀疑的地方，都已经反复论证、反复计算。冷试验、局部试验、缩小比例试验全部成功。所以，是有把握的。"他对自己说。

终于，核试验基地指挥部收到了中央指示。

根据试验场区的气象情况，请示毛泽东主席同意后，一九六四年十月十四日，周恩来总理亲自下达了核装置就位的命令。随后，中央把第一颗原子弹装置试验的起爆时间定在了一九六四年十月十六日。

罗布泊升起蘑菇云

十月十六日下午三时,万众期待的这一刻,终于到了。静静矗立着的铁塔,托着一个宝贝,代号596,它是中国的第一颗原子弹。成千上万的工作人员观测着它。

"九、八、七、六、五、四、三、二、一,起爆!""宝贝596"发出巨大轰鸣声,蘑菇状烟云从铁塔顶端腾空而起。

面对这个巨大的成功,周遭的一切都凝固了。在场的每个人都张大嘴巴,僵在原地。随后,人们不约而同地叫喊、欢呼,有人打滚,有人击掌,有人把头埋进了沙土。人们以种种怪异的姿势释放着心中的情绪,他们已经压抑了太久太久。

中华先锋人物故事汇　邓稼先

热泪,流淌在邓稼先的脸上。他想控制一下情绪,让自己看起来平静一些,但是那泪水擦了又流,根本不听他的指挥。

从年少时起就在心中升腾的报国之志,经过漫长的求索、漫长的等待,今日终于实现了!这是他一生事业的第一座里程碑!见到了这一朵美丽的蘑菇云,应该笑啊!可邓稼先实在笑不出来。

数千里之外的北京,周恩来总理也一直守候在直连试验现场的电话机旁,等待着这个时刻。

"总理,爆炸成功了……"基地总指挥张爱萍将军兴奋地大声汇报。

总理在电话那头激动地询问是不是真的。

身经百战的老将军这时也愣了一下。他马上往旁边一看,看到了科学家王淦昌。张爱萍对王淦昌说:"总理问,是不是真的原子弹?"

王淦昌说:"现在蘑菇云开始形成,是原子弹爆炸。"

总理听后,很高兴。他在电话中说:"我向你们所有的科学技术人员和工人表示祝贺,同时我也代表毛主席、党中央向你们表示祝贺!"

周总理如释重负,马上拿起电话,向毛泽东主席做了汇报:"第一颗原子弹试验成功了!"

当晚,周恩来总理随毛泽东主席到人民大会堂接见参加大型音乐舞蹈史诗《东方红》演出的三千多名演职人员,周恩来总理当场宣布了我国第一颗原子弹爆炸试验成功的喜讯。

在场的三千多名文艺工作者爆发出雷鸣般的掌声和欢呼声,一浪高过一浪。

那蘑菇烟云就是中华民族精神的花朵,体现的是我泱泱大国的国威。而研制出原子弹,对新中国来说,简直就是一个奇迹。

当年美国研制原子弹,集中了一批全世界最卓越的物理学家。我们没有这样的高规格团队,选来"放炮仗"的是一些像邓稼先一样的"娃娃博士"——一批名气不大的年轻人。一九六四年,被年轻人称为"老头"的王淦昌也只有五十七岁,郭永怀五十五岁,彭桓武四十九岁,程开甲四十六岁,陈能宽四十一岁,朱光亚、邓稼先刚刚四十岁。

"中国核爆炸是改变世界形势的壮举。"第一颗原子弹爆炸成功后,世界各地的新闻媒体,都将头版头条的位置给了中国。

此时,世界的目光都在注视着中国。有了核武器,你们想怎样?中国政府及时发表了经周恩来总理亲自审定的声明:在任何时候、任何情况下,中国都不会首先使用核武器。中国政府一贯主张全面禁止和彻底销毁核武器,中国进行核试验、发展核武器,是被迫而为的。中国掌握核武器,完全是为了防御,为了保卫中国人民免受美国的核威胁。

这两天的广播,许鹿希是在单位里收听的。单位外面,首都群众举着报纸号外,奔走相告。更热情的市民,则在长安街追逐着散发《人民日报》号外《我国第一颗原子弹爆炸成功》的大卡车,大声欢呼。

不料,医院的病危通知书下来了。

"老邓,快回京。"强烈的兴奋感还在拨动着邓稼先的神经,一位老领导走到他的身边,递给了他一张回北京的机票,轻声说道,"你母亲病危!"

邓稼先的脑子瞬间乱了。他立即坐上了已经加满油的吉普车。两个司机轮番开,车子在戈壁滩上昼夜奔驰，终于以最快的速度把邓稼先送到了乌鲁木齐机场。

飞机到达北京西郊军用机场时，已是邓稼先离开罗布泊的第二天下午。等在机场的妻子，直接带他到了医院。

消瘦的母亲在病床上昏睡着，打着吊瓶。邓稼先摸着妈妈的手，轻声呼唤道："姆妈，我回来了。您看看我吧。"

母亲竭尽了全力，只能微微睁开眼睛，看了看儿子，挤出了安慰的神情。邓稼先感到母亲的手似乎有了些力气，但已没有了小时候的温暖。

邓稼先的眼前，是妈妈在自己怀里静静离去的样子，是妈妈被哮喘折磨得消瘦干枯的样子，是妈妈住在四合院时年轻的模样。人生最痛苦的事，莫过于"子欲养而亲不待"。他的眼泪，再也无法止住。

索性就任它流吧！

谁的工资高谁请客

"原子弹要有，氢弹也要快。"毛泽东主席的命令在一九六四年和一九六五年两次下达到九院，九院理论部研究原子弹的全部人马，又投入到了新中国第一颗氢弹的研制工作中，重回没日没夜、废寝忘食的工作状态。

也许你会问，一定要先造出原子弹来才可能有氢弹吗？答案为：是。就像点燃香烟要用火柴，而点燃氢弹要用原子弹。

一九六五年，于敏等一批科技骨干来到九院理论部。这位没有留过洋、被人们亲切地称为"国产专家一号"的于敏，与邓稼先是相识已久的老友了。

邓稼先在中科院近代物理研究所工作时，与于敏就是同事，他们在一起写过论文。生活中的于敏爱听京剧，爱喝汽锅鸡汤。在学术上于敏也有过人之处，他讲课或做报告时很少看讲稿，经常不假思索地写出一黑板所需要引用的公式。有时计算一个数据，手摇计算机竟还不如于敏口算来得快。

于敏到九院后，他的报告与彭桓武、邓稼先等人的报告相互穿插，听讲的人常常把屋子挤得水泄不通。

在邓稼先和于敏的共同攻关下，理论部的工作重点很快确定了——用计算机实际运算研制氢弹的可能途径。接下来，科技人员兵分三路，齐头并进搞突破。于敏带领的研究团队，在一九六五年九月到达上海，利用那里的高性能计算机进行计算和探索。

于敏发现了热核材料自持燃烧的关键，他当即给在北京的邓稼先打电话。为了保密，于敏使用的是只有他们才能听懂的隐语："我们几个人去打了一次猎……打了一只松鼠。"邓稼先听出是好消息："你们美美地吃了一餐野味？""不，现在还不能把它煮熟……要留作标本……但我们有新奇的发现，它身体结构特别，需要做进一步的解剖研究，可是……我们人手不够。""好，我立即赶到你那里去。"第二天，邓稼先就赶到上海，听取了于敏等人的汇报，带着他们继续"百日会战"。

困了就在机房地板上和衣而卧，只要能撑得住就通宵不合眼。他们攻克了一道道难关，找到了突破氢弹的技术路径，形成了从原理、材料到构型完整的氢弹物理设计方案——"邓于方案"。此时，每个人都喜上眉梢。

"老于请客！"不知谁喊了一句。大家跟着响应道："老于请客，老于请客！"

脑子转得快的于敏，抢着说："谁的工资高谁请客，这是老规矩。"

邓稼先笑了，他并不推辞。他原本就是一位美食家，每次研究工作取得进展，他总会给小伙伴们发糖果，带他们吃烤红薯，到街上逛一逛放松放松。若是有了重大进展，他则会带着同志们饱餐一顿，酒也得喝个够才行。

这次是在上海，又是秋天。邓稼先笑着说：

"秋意凉凉,蟹脚痒痒。走,咱们吃螃蟹去!"

后来,中央批准了"邓于方案",我国第一颗氢弹进入试验阶段。

一九六七年六月十七日,罗布泊沙漠深处,又一朵蘑菇云腾空而起。《人民日报》发出喜报:我国第一颗氢弹爆炸成功。

从第一颗原子弹爆炸到第一颗氢弹试验成功,美国用了七年多,苏联用了四年,英国用了四年零七个月,中国仅用了两年零八个月,其技术水平也超出了美、苏的首次氢弹试验。

科学家们的付出,常人难以想象啊!这也成为邓稼先一生科学事业上的第二座里程碑!

寻找核弹的下落

二十世纪七十年代末,新的一次核试验如期进行。

参试者戴起护目镜,翘首向七号场区爆心方向的天空望去,在兴奋和紧张中等待又一伟大瞬间的到来。

可是,点火之后,天空中没有出现蘑菇云啊!

大家面面相觑。

核弹哪儿去了?邓稼先更是异常揪心。

时间一秒一秒地过去。自零时起算,已过了三十分钟,大家的心情也越来越沉重。

"请大家返回原居住地。"高音广播里一遍又一遍地重复着这句指示。

这，意味着什么？难道是这次试验失败了吗？

身在指挥室的邓稼先沉下了脸，眼睛里含满了泪花。他冲出了指挥室，一定要亲自去寻找核弹的下落。

"快把邓院长拉住！我们先要派出直升机在爆区上空搜寻，找到核弹掉落的大体位置！"首长们坚决不同意邓稼先前去冒险。邓稼先只好服从命令。

基地派出的直升机侦察分队急忙出发了。

"找到弹落的地方后，我们要派技术人员实地了解，才能分析事故的真正原因和弹体的安全情况。"邓稼先对首长说出了他的建议。

就这样，九院的两位工程技术人员进入了邓稼先的名单。他们是负责核辐射安全的罗元璞，以及对各类监测辐射的仪器都能熟练使用的刘浩才。

夜里，还在睡梦中的刘浩才被同事罗元璞的敲门声惊醒。

刘浩才穿好衣服打开房门时，看到邓稼先也站在门口。邓稼先对刘浩才说："老刘，你和老罗两人立即去弹落的地方，了解弹体的情况。"

老罗和老刘穿上简易的防护服，拿上口罩和手套就出发了。

邓稼先目送着他们远去。

一个小时后，车子到达核弹掉落的大概位置。老刘、老罗下车了。他们拿着仪器，打开声响，按司令部向导指的方向进行探测。走了一段距离，仪器没有异常反应，再走走，突然发现仪器的 α 计数增加。越来越近了……他们选择一个计数强的方向前进，越往前走 α 计数越强。再往前走，音响不再是"叭，叭，叭"的间断声了，而变成"呜——"的长鸣声了。

老刘看到前方地面上，有一层薄薄的尘土和爆炸后产生的碎片。这表明核弹已经爆炸，并且他们离弹坑不远了！他们俩彼此看了一眼，明白了对方的意思。

找到弹坑了！他们站在弹坑边查看。弹坑有一米多深，直径十多米，散落着核弹爆后的残骸。两位技术人员环顾弹坑周围，奇怪了，没有降落伞啊！

"里面剂量太大了，我们快撤！"来不及多想，他们必须快速回撤。

老刘和老罗一前一后跑上吉普车,还没关上门,车子就开了起来。

又是一个多小时后,汽车开进了基地司令部。老刘一见到邓稼先,就向他报告了弹坑的情况。

三进弹坑区

"你还记得去弹坑的路吗?"疲惫不堪的老刘刚刚进入梦乡,又被老罗摇醒。

"记得。怎么了?"老刘揉揉眼睛问道。

"邓院长要亲自去弹坑看看。"老罗说。

老刘赶快穿上那套防护服,戴上防护手套和口罩,快步走出了房门。

在老刘的导引下,他们一行三人很快找到了弹坑。

邓稼先站在弹坑周围环视,像是在寻找降落伞。可他们根本不见降落伞的踪影!

"我的钚-239哎!"邓稼先蹲在弹坑边上,泪水横流,他不停地用手翻动坑土,反复呼喊着他的钚-239。他多想从土里把粉碎的核原料都找出来啊！可此时，谁也分不出哪是尘土，哪是珍贵的核原料。

老刘理解邓稼先的心痛。一次就毁掉了这么多的钚-239，这可是不知要耗费国家多少人力、物力、财力才提炼出的核原料啊！它不知比黄金贵重多少倍啊！而且，为了这次试验，九院的科技人员付出了多少心血和劳动！所有这一切，全都葬送在眼前这个大坑里了！

"邓院长，起风了，我们这儿空气里的α气溶胶浓度越来越高了，快走快走！"同事们硬是把邓稼先从弹坑边拉了起来。

邓稼先一步三回头，看着那个大土坑，泣不成声，被人搀扶着走了出去。

老刘万万没有想到的是，邓稼先下达了第三次进入弹坑区的任务。

这次派了两组人，一组人带着照相机，负责把弹坑的现状拍摄下来；另一组人要取弹坑周围的土样回去分析，看有没有发生核裂变。

老刘和老罗两人负责带路。他们轻车熟路，很快到达。拍照、采样都顺利，马上就要撤退了。这时，天公不作美，起风了。风声越来越响，好像这沙漠上的大风暴就要来了。

老刘、老罗和两组人员此时就站在弹坑的下风区，迎风而立的他们正在大剂量地吸入空气中的放射性元素，十分危险！

"邓院长叫我们立即撤离，院子里有卡车！"外面传来了喊声，老刘和老罗马上按照指示撤离。

正当老刘从卡车后面向上爬的时候，突然有人从背后把他拉了下来。老刘回头一看，原来是邓稼先。

邓稼先把他拉到卡车副驾驶室门口，对已经坐在副驾驶室座位上的人说了一句"老刘太辛苦了，这个位置让老刘坐"，就把老刘推了上去。

此时，时间就是生命啊！装满人的第一辆卡车很快开动了，以最快的速度驶出危险区。

邓稼先没有上车，他要送走最后一个人，自己才会离开。老刘十分担心邓稼先的安全，从车窗向后望去，直到邓稼先的背影消失在戈壁滩的沙尘中。

过了些日子,老刘收到了这次事故的分析结论:因降落伞质量不过关,高空投弹后降落伞没有打开,导致核弹直接摔在地上,没有出现蘑菇云。核弹落地时在戈壁滩上炸了一个大坑,使周围空气和地面被放射性核素钚严重污染。

焦急地等待着

竟然用双手翻动坑土,那土里面全是钚碎片啊!返回生活区后,邓稼先的心情稍稍平静,对自己的这个举动感到后怕。几天后,邓稼先回到了北京,主动去医院做检查。

邓稼先主动去体检,这让妻子许鹿希感到很意外。这么多年,每次单位组织体检,他总因出差在外而错过,若提醒他到医院补一次,他又说没时间。这次是怎么了?

邓稼先的体检结果显示,尿里有很强的放射性,白细胞功能不好,肝脏受损。医生忧虑地说:"几乎所有的化验指标都不正常。"邓稼先没有把全部情况对许鹿希坦白,只轻描淡写地说了一句:

"尿检不太正常。"

许鹿希的一颗心常年提到嗓子眼,听到这一句尿检异常,足以让她浮想联翩,让她崩溃。

她跺着脚,埋怨邓稼先。随后她又调整了情绪,劝说自己的丈夫:"身体是革命的本钱啊,留京疗养一段时间,好吗?"

邓稼先靠在厚厚的被褥垛上,默不作声。他看看妻子,又望着天花板想事情。

"女儿、儿子、家庭,你给我们的时间太少了。咱们四口人好不容易团聚了啊!就留在家里几个月吧!"妻子恳求的语气,让邓稼先的心里更酸了。

前几年,他们一家四口分居在三地。妻子被下放到天津茶淀农场劳动。还不到十五岁的女儿,到内蒙古乌拉特前旗生产建设兵团插队。邓稼先每次从基地回到北京,先得去父母的家,把儿子平平接回来。父子俩饭也不想做,水也不想烧,站在阳台上望着远方,平平总是问:"妈妈和姐姐这时在干什么?"

想到那些日子,邓稼先的心里难受极了。眼前是成群的牛羊,还有挖水渠干重活儿的女儿。空旷的荒漠上，女儿小小的身体佝偻着，黄黄的头发被吹得乱糟糟的，连队队长喊开饭了，满心欢喜的女儿领到的却是野菜糠窝头，吃了几口直打嗝。

许鹿希知道丈夫心里想起了这些年的痛楚。她何尝不是呢？一闭上眼睛，就是女儿典典发黄的头发和营养不良的小脸蛋，她心里也难受。"典典患了严重的青光眼，这才回北京治病。平平还好，一直在爷爷家里住着，没受罪。"许鹿希安慰丈夫说，"苦难都过去了。咱们不是团聚了吗？这些年你身体透支得太厉害，在家里调养调养身体吧！"

邓稼先还是没有说话。因为所做的一切工作都是绝密的，他也不能解释什么。他不能告诉妻子，超级大国的核武器发展速度很快，一个核科学家，在核武器研制方面，必须使祖国站在世界的最前沿，否则就谈不上有强大的国防！对此，他责无旁贷啊！

带着对亲人的眷恋和愧疚，邓稼先带上常年跟着他的行李箱，再次辗转到了新疆罗布泊。

"你们扶我一把吧！"邓稼先从支在戈壁滩上的帐篷往试验场地走去，他实在感到力不从心，就叫住了走在前面的两个人。

两个人回过头,看到邓稼先气喘吁吁,脸色蜡黄的样子,吓了一跳,忙问道:"您这是怎么了?"

"没事,这几天腹泻。"邓稼先简短地说。他既不想说,也没什么力气说了。只有李医生和少数几个人知道,这些天,邓稼先天天便血。

邓稼先在同事的搀扶下,走进了指挥车,坐在了于敏的边上。他们没有说话,只是焦急地等待着。

远处传来一声巨响。隔着车窗,邓稼先看到,荒山也跟着巨响颤动了几下。随后,一团团黄色的尘土随之升起,连成了一顶伞帐,柔和地飘落下来,轻轻地罩在了山上。

九院副院长胡仁宇飞跑了过来。

"那个尖尖的有没有?"邓稼先和于敏一起高喊道。

"有,有,很清楚。"胡仁宇把照片底片高举在手中,使劲地摇晃着。

邓稼先接过底片一看,高兴地挥着拳头跳了起来。"中子点火正常,燃烧正常,核试验成功了!"

他兴奋地说。

这是邓稼先一生事业上的第三座里程碑,他和团队在第二代核武器的原理研究方面取得了突破,核试验也成功了。

可是,此时的他,越来越感到力不从心了,身体上的不适总在提醒着他,此时已不同于往日。对那些熟悉的人、熟悉的景,他的眼睛也总会多看上一会儿。

永别了，罗布泊

"我们再去看看那座有功之塔吧！"在邓稼先的提议下，李医生陪着他向荒漠的深处走去。

身上没带工作任务，他们的脚步很轻松。来罗布泊的次数早就数不清了，邓稼先还是第一回体会到沙漠漫步的感觉。

不远处，倒塌的铁塔映入他们的眼帘，那塔身已经扭曲成了麻花状，塔身下的沙子和石块都已经变了色，所有的植物都被烧死了，干枯的茎和叶杂乱地混在沙土里。

"这个铁塔的上部，在一千万摄氏度的高温烘烤下当场就气化了，咱们现在看不到它了。这塔的最高处有一百二十米高，我当年还爬得上去。"邓稼先兴致勃勃地对李医生说，"它可是一座有功之塔啊！"

邓稼先在铁塔的面前静静地伫立。这塔见证了他一生宏伟事业的第一座里程碑！太多的往事此时涌上他的心头。他望着它，恋恋不舍。

"我给您拍一张相片吧！"李医生说道。

邓稼先稍稍迟疑了一下，还是摆了摆手说："算了吧！"工作这么多年，保密是他心头始终绷紧的一根弦。

挥别了铁塔，邓稼先带着李医生走到了地下平洞的洞口，这平洞是做地下核试验的地方。

两个人刚一进去，就感到一股热浪袭来，不一会儿，头就晕乎乎的，还喘不上气来，就像在蒸笼里一样。"二十年过去了，平洞里面的温度仍然很高啊！"邓稼先感慨地说。

"老邓，咱们出去吧！"李医生担心邓稼先撑不下去。邓稼先却没有理会。他让李医生等等他，自己继续往里面走。

邓稼先边走边用留恋的眼神默默地扫视着这个空洞，像是在对它说："老伙计，再见啦！各自珍重吧!"

离别,是每一次相遇的结局。千般不舍,也总得离开了。邓稼先三步一回头,还向自己的老伙计们挥了挥手,它们好像通了人性一般,也用饱含深情的眼神惜别自己的老友。它们是一切的见证者啊!

荒无人烟的戈壁滩,发生过的一切都是秘密。一切资料都要收入保密柜,不可以拍照,没有新闻报道,只有残存的铁塔、仍在发烫的地下平洞和一块块烧焦的岩石——它们是科学家们舍生取义的见证者。它们见证了科学家们把对祖国所有的忠诚和爱都献给了这片荒漠和这荒漠上的核事业。有些人不仅献出了青春,甚至还献出了生命。

邓稼先乘坐吉普车返回,他舍不得闭上眼睛休息。他望着窗外的一切,想起了自己一次又一次出入罗布泊时的点点滴滴:初次到戈壁滩时的震撼,在这风沙呼啸、异常寒冷的地方,看到大片大片的马兰花盛开、小燕子飞来时的惊喜;每一次核试验点火前拿笔签字时从内而外的颤抖,他数了数,自己一共签了十五次;每一次看到蘑菇云时的热泪盈眶,同志们拥抱在一起狂欢时神态各异的表达,那是无与伦比的激动与幸福啊……邓稼先重温着一个又一个难忘的瞬间,他对自己说:"我这一生,投身国防始于服从组织决定,但正因有了这一段研制原子弹的经历,真的可以说是此生无憾了!"

也许,每个人对自己的身体,总是比医生和仪器更为了解。此时的他默默地和窗外的一切告别——

再见了,罗布泊!也许是永别了!

"比你的生命还重要"

回到北京后，邓稼先的身体每况愈下，但他不愿意住到医院去。不料，在医院检查后，医生坚定地说："别走了，必须住院。"

经过活体组织检查，医生确诊邓稼先患的是直肠癌。核辐射和癌症的双面夹击，邓稼先的日子不好过啊！

邓稼先住进了解放军总医院南楼五病房16室，许鹿希也终于有了一整段时间和她的丈夫厮守在一起。她看着邓稼先时常斜靠在床头，一只手捂着腹部忍受着病痛的折磨，十分心痛，她就用轻柔的动作给丈夫按摩。这样的感觉，让邓稼先想到了自己的妈妈。

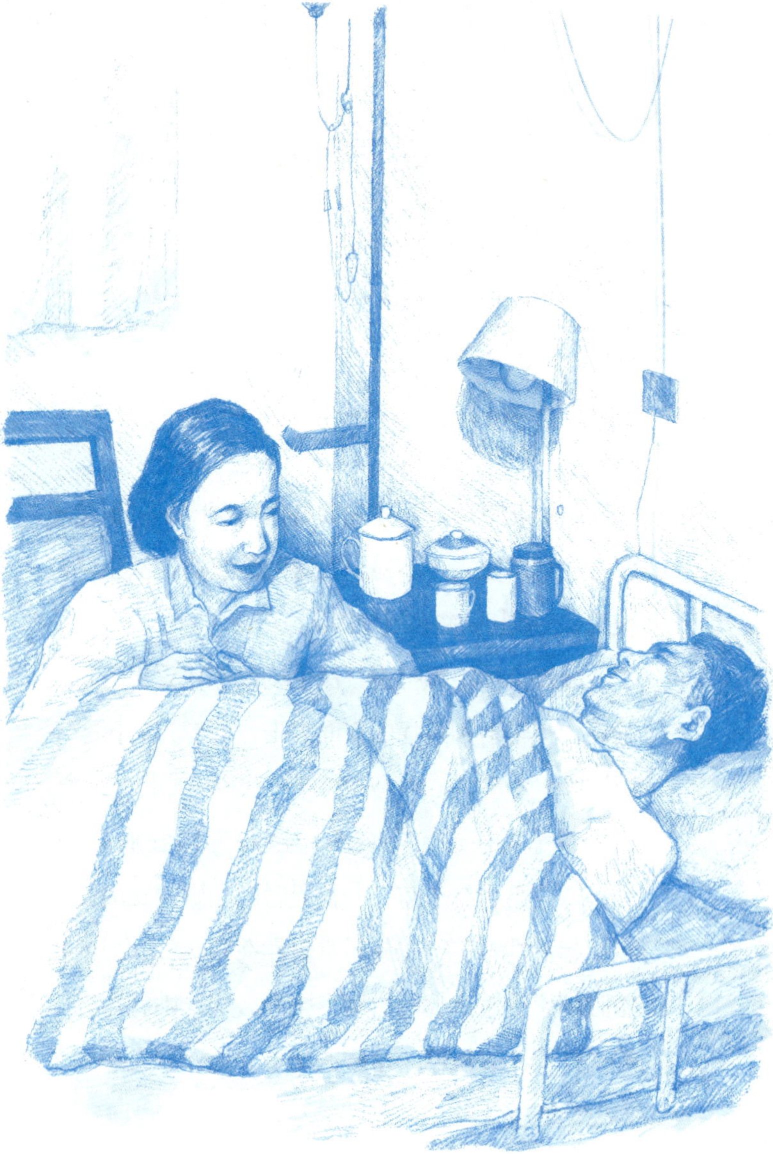

邓稼先对许鹿希说："小时候，姆妈总为贪吃的我揉肚子。""肚儿摸摸，百病消霍。叫孩少吃，儿吃多着。"邓稼先轻声哼唱着小时候妈妈一边为他揉肚子，一边哼唱的儿歌，仿佛置身老北平的四合院，他还是个孩童。每天下了学，妈妈总会做好几样自己和姐弟爱吃的菜。妈妈看着儿女大口吃饭的模样，高兴极了。

邓稼先对许鹿希说："小时候，我太顽皮，没少让姆妈操心啊。那次在北海掉进了冰窟窿，姆妈吓得不轻。我还打翻过北海茶馆大理石的桌面，母亲可是气急了，但也只是狠狠地训斥，没有打我。"

"你现在还会打针吧？最早还是我教会了你。你离开北京后，妈妈常说，稼儿打针，不疼，我好想念稼儿。"许鹿希的记忆也回到了新中国成立之初，他们刚结婚的时候。

为了让哮喘厉害、胃痛的母亲舒服点，邓稼先专门学会了肌肉注射，和妻子许鹿希轮流到位于北京大学宿舍的父母亲住所，为母亲打针。

可是后来母亲的病越来越重，从哮喘发展到肺炎，又发展到肺不张的严重程度，手术也未能改善她的病情，儿子邓稼先却长年守在戈壁滩上，无法回京尽孝。弥留之际的母亲，收到了儿媳许鹿希拿来的红色号外，就靠着输液管里的液体和她等待儿子的信念，真的撑到了儿子回来。想到对母亲的亏欠，邓稼先的心很痛很痛，这份心痛与腹部的病痛一起夹击着他。

"也许我的时间不多了，只是我还有两件事没做完。我想写一份建议书和一本书。"这次住院后，癌细胞的转移明显加快了，邓稼先常被剧烈的疼痛突袭，他感到自己时日无多，对妻子说出了自己的心愿。

邓稼先列了一份很长的书单，让李医生回基地时一本一本地从他的书架上挑选出来，全部带到了病房。他还让人把图书资料室里面的一些书籍和杂志拿到了病房，又让人通知于敏和胡思得来病房一趟。

看到老搭档于敏、胡思得进了门，邓稼先打起了精神。"老于、老胡，你们可来了，我一直盼着你们呢！"邓稼先的脸上露出了笑容，他紧紧地握住了他们的手，有些着急地说，"我想给中央写份建议书，所以叫你们过来商量。"

"核大国的设计技术水平已接近理论极限，不需要进行更多的发展。因此有可能出于政治上的需要，改变他们先前坚持的主张，做出限制别人发展、维持其优势地位的决策。核大国这种举动，对他们自己不会有什么重要影响，而对于正处在发展关键阶段的我国，则会带来非常严重的后果。"邓稼先对于敏和胡思得说，这样严峻的事实便是自己想向中央提交一份建议书的原因。

于敏和胡思得听后，十分敬佩邓稼先高度的政治敏锐性和深厚的业务功底。邓稼先分配了任务后，于敏和胡思得起身离开了病房。

护士推门而入，要为他做化疗。做化疗很痛苦，一滴滴的药水打进血管里，做一次要好几个小时。就算是在这几个小时里，邓稼先也不愿意休息，他靠在床头，边打点滴边看材料。

"希希，帮我支一下小饭桌，拿下纸笔。"十几天后，邓稼先看完了材料，对妻子说。

许鹿希打开了吃饭用的小桌子，拿来了一支钢笔和一个笔记本。

邓稼先手握着钢笔,却写不出字来。"手腕没力气了,要不找个铅笔吧!"他无奈地对妻子说。

妻子掉着眼泪,走出了病房,到医院外面的小文具店买回了几支铅笔。

"希希,没事儿,铅笔能在纸上滑行,好省劲!"邓稼先安慰着自己的妻子。才写了几行字,他的额头上就冒出了细细密密的汗珠。而此时,天气并不热。

许鹿希更难受了,她只好含着泪,为丈夫擦汗,协助丈夫与时间赛跑,做她所能做的一切。她祈求上天能再多给他一些时间。

老胡:

我明天还要动一次小手术,来文我看了两遍,我觉得可以了。但最后一段要同星球大战等"高技术"联系起来、申述一段,然后由我和老于签名,抬头是核工业部,国防科工委(抄九院)。

老邓3.28

给胡思得写这个便签时,邓稼先更觉得力不从心了,他坐在许鹿希找来的橡皮圈上,让大腿受到较多的力,以减轻直肠癌手术后刀口处的疼痛。即便这样,他也只能是写几句停一会儿,再写几句再停一会儿,花了一个小时才写完这一段留言。

写完后,邓稼先把自己缩成一团,癌症晚期的疼痛变本加厉地折磨着他。

一九八六年四月二十一日,邓稼先终于最后改定了建议书,他让许鹿希快点送走。

"稼先,你要注意盯着输液瓶,输完了要按呼叫器。"许鹿希一边抱着材料往病房外面走,一边叮嘱他。

"希希,等一下。"邓稼先叫住了许鹿希。"这比你的生命还重要。"他只补充了这一句话。

建议书的具体内容至今还是秘密。对于这份建议书的价值,于敏与胡思得在回忆文章中深情地写道:"每当我们在既定目标下,越过核大国布下的障碍,夺得一个又一个的胜利时,无不从心底钦佩稼先的卓越远见。"

一九八六年到一九九六年这十年,九院全体同志就是按照邓稼先与于敏的这份建议书制定的目标、途径和措施努力奋斗，才终于使我国也达到了能够停止核爆试验，代之以实验室模拟的高度！

这份建议书发出十年后，一九九六年七月二十九日，中华人民共和国政府发表声明，郑重宣布：中国暂停核试验！

用尽生命最后的气力写就的这份建议书，当之无愧成为邓稼先一生宏伟事业的第四座里程碑！

"您有富余票吗?"

癌细胞已侵入骨头,剧烈的病痛让邓稼先拿不起笔了。

此时的他,欣慰于给中央的建议书已经呈交,遗憾于专著《群论》本想写四十万字,可是只完成了不到一半。邓稼先的这本专著,是将早些年自己为新进九院的科技工作者辅导授课的"群论基本概念与理论"讲义整理而成。

一九八六年六月,中央军委做出决定,解密邓稼先,公开他的身份,宣传他的光辉事迹。这时候,大众才第一次知道了邓稼先的名字,知道他是"两弹元勋",是新中国第一颗原子弹和第一颗氢弹理论方案的主要设计者;了解到他从事核武器研究这些年，许多重大理论问题和研究工作都是由他亲身参与、把关、最后拍板的，甚至很多方案都是他亲笔写的，但他却没有署上自己的名字。在我国进行的四十五次核试验中，邓稼先三十二次亲临现场，十五次担任现场总指挥的事迹也被公开了！他隐姓埋名二十八年，为国奉献、牺牲自我的人生，感动了整个中国！

在邓稼先精神尚可的时候，许鹿希总为他读这些新闻报道，告诉隐姓埋名二十八年的丈夫：祖国和人民没有忘记你！

一九八六年七月，时任国务院副总理李鹏来到病房授予邓稼先全国劳动模范奖章和证书。邓稼先吃了加倍的止痛药，吃力地表达他对党和国家的谢意，他诚恳地说出了他一贯的最真实的看法："核武器事业是成千上万人的努力才能取得成功的。我只不过做了一部分应该做的工作，只能做一个代表而已。"

"爸爸，爸爸！"三天后的上午，邓稼先日思夜念的女儿典典从美国回到了北京。父女相见，抱头痛哭。典典避而不提爸爸的病情，她只是和他一起回忆那些美好的日子。

邓稼先对女儿说:"在你们很小的时候,我总是教你们叫我'十分好爸爸'。现在看来,我不够格啊。我记得有一回,九院两位阿姨到咱们家,看到你们姐弟两个中午放学回到家,就下一碗清水面,连点蔬菜也没有……"邓稼先闭上了眼睛,一行泪水滑落下来。女儿趴在父亲的胳膊上,含泪安慰父亲:"爸爸,我们理解你。"

"我小时候生病,您为我输过血。我在牧区时,您去看我,给我带了肉罐头。一九七七年恢复高考,机会终于来了。但问题是,我这么小就去了兵团,其实只有小学文化程度,连牛顿定律都不知道,请的补课老师觉得我起点太低没法补。您正好有工作要在北京待三个月,就亲自上阵了,给我和平平一起补课。"典典问爸爸,"您还记得吗?当时买不到教科书,我姥姥知道了,就送来一本她翻译的法国微积分教材。您一边教我,一边说这本教材好。那时候,咱们仨每天学习到凌晨三四点。"

"不过,说真话,爸爸您讲得没于敏叔叔好。于叔叔讲得深入浅出,他三两句点拨,我就能懂。"典典这一句说出来,邓稼先苍白瘦削的脸上露出了开心的笑容。在典典和平平的记忆里,一九七八年他们同时收到大学录取通知书时,爸爸笑得也是这么甜。

说这些幸福的事,邓稼先刺骨的病痛似乎也能稍稍缓解一点儿。于是他们姐弟两个人就轮番和爸爸说话。

"爸爸,等你病好了,我陪你去看京剧。你喜欢吃对虾,我们一起下馆子。咱们再把剩下的虾油送到厨房,请大师傅用虾油蒸碗鸡蛋羹。"儿子平平学着爸爸在京剧院门口的样子,一手举着钱,一边用标准的京腔问,"您有富余票吗?"邓稼先笑出了眼泪。原来,自己的一点一滴都被儿子记在心里。

"爸爸,那一次您说我胡说八道,您还记得吗?"平平说,"那是一九七〇年吧,院里的小朋友陆续跟着家长搬到四川去了,我连小伙伴也没有了,我听有的小孩说他爸去四川造原子弹了。等您回到家我就问您。结果您特严厉地吼我'胡说八道',那表情真是吓我一跳。"

许鹿希和两个孩子,也是和全国人民同一时间知道了邓稼先的工作,知道了他常年在外的二十八年时间在干什么。二十八年啊,邓稼先绝口不提自己的工作,对妻子和儿女这三个最亲近的人也不例外。他们仨之前有过猜测,但是他们也不敢再问,因为问过几次,全被邓稼先瞪着眼顶回去了。

"看在眼里,记在心里,烂在肚子里,带进坟墓里",邓稼先恪守了几十年。邓稼先对妻子和孩子说,搞这个原子弹,从最开始直到最后基地试验,周恩来总理就规定了一条:绝对保密。绝对保密,就是连自己的妻子都不能告诉。

"你是搞这个的,你又不是不懂它放射性那么大,你为什么非要到跟前把它拿起来看呢?"许鹿希跺着脚抱怨邓稼先,她恨丈夫在那次核试验失败后,跳进弹坑,用双手捧起坑土。就是在那之后,丈夫的身体急转直下。到了眼下,都几乎没办法了。

邓稼先看了看妻子、儿子和女儿,他说:"一次试验要花上千万元啊,有多少人的心血啊,甚至一些同志因此牺牲了。产品出场试验是我签字的，我一定要亲眼看看它成什么样了，我要有所交代啊！"

　　许鹿希沉默了。她心里恨，心里怨，但丈夫就是这样的人，她无话可说。

"你的血流尽了!"

"稼叔,基本粒子那本书找到了!"邓稼先年过半百的表侄孟曾疾步跑到了病房。

这本全名为《基本粒子物理的规范理论》的书,是邓稼先在一九八六年初发现的好书,他无力去逛书店,就嘱托孟曾无论如何帮他买到。孟曾跑了一家又一家书店,总是没有。这次终于碰到了!孟曾一个箭步挤上了公共汽车,赶到了医院。

病房的大门敞开着,里面人很多,但没有说话的声音。孟曾心里一沉——最不想发生的事情发生了。

许鹿希紧紧地抓住丈夫的手,悲痛地说:"你的血流尽了!"在她绝望的哭泣中,邓稼先的手慢慢地凉了。许鹿希悲痛至极地问:"二十多年的等候,就是这样吗?"

一九八六年七月二十九日下午一时,六十二岁的邓稼先永远地闭上了闪烁着睿智光芒的双眼,他再也无法欣赏窗外那绿树成荫的生机。他的挚友杨振宁在悼文中写道:"邓稼先是中国几千年传统文化所孕育出来的有最高奉献精神的儿子。"

许鹿希说,这个评价虽有情感成分,但也客观真实。一九八五年,邓稼先住院期间,杨振宁回国探望,曾问起原子弹和氢弹的研制获得多少奖金。邓稼先说,原子弹十元,氢弹十元。原来,一九八五年,国家颁发特等奖金时,总数是一万元,九院决定平均分配。由于参与研发的人数太多,院里垫上了十几万元后,才按照十元、五元、三元这三个等级发下去。

一九八九年七月,在邓稼先辞世三年之后,中国政府为邓稼先颁发国家科学技术进步奖特等奖。邓稼先主要参与的四个项目——原子弹的突破和武器化,氢弹的突破及武器化,第二代氢弹装置的突破,核武器的重大突破,奖金各一千元。许鹿希把这些奖金悉数捐给了九院设立的科技奖励基金。她在信中写道:"一个人靠脊梁才能直立,一个国家靠铁脊梁才能挺立。研究院的工作能使中国挺立得更高更强,青年同志们会为自己的工作感到骄傲。同时,在你们身边有和邓稼先共事多年,有的至今仍在奋战不息的元勋们。因此,青年同志们会感到在这样的环境中工作十分幸福。"

一九九六年七月二十九日,在邓稼先逝世十周年之际,我国进行了第四十五次核试验,也是迄今为止最后一次核试验。这个日子,是党和国家领导人特意选择的,为了向"两弹元勋"邓稼先表达最深切的怀念和敬仰。

在邓稼先生命中的最后一个国庆节,他瞒着医生、护士,带着警卫员悄悄来到天安门广场,来到国旗下。他对警卫员说:"建国一百年的时候,还会不会有人记得我们这些人啊?那时候,你都八十四岁了。那时候,我们国家富强了,你可一定要来看我啊!"警卫员深深地点着头,眼泪差点儿涌出来。

邓稼先的一生,鞠躬尽瘁,死而后已。他是为中华民族奉献一生的好儿子,祖国和人民永远不会忘记他。

一九九九年九月,新中国成立五十周年之际,党中央、国务院、中央军委隆重表彰为我国"两弹一星"事业做出杰出贡献的科技专家,追授邓稼先"两弹一星"功勋奖章。

二〇〇九年五月,新中国即将迎来六十年国庆,电影《邓稼先》公映。

二〇一九年国庆节,许鹿希把邓稼先的铜像擦了又擦,打开了电视机,让他与自己一同收看国庆七十周年庆典。

在许鹿希心里,在我们所有人的心里,邓稼先还在人间,共享国泰民安。